一生太长了

张 洁 著

人民文学出版社

图书在版编目(CIP)数据

一生太长了/张洁著.—北京:人民文学出版社,2009

ISBN　978-7-02-007747-2

Ⅰ.一… Ⅱ.张… Ⅲ.①中篇小说-作品集-中国-当代②短篇小说-作品集-中国-当代 Ⅳ.I247.7

中国版本图书馆 CIP 数据核字(2009)第 192985 号

责任编辑:杨　柳
责任校对:韩志慧
责任印制:张文芳

一生太长了

张洁　著

人 民 文 学 出 版 社 出 版

http://www.rw-cn.com

北京市朝内大街 166 号　邮编:100705

北京天来印务有限公司印刷　新华书店经销

字数 133 千字　开本 680×960　毫米 1/16　印张 10　插页 2

2010 年 2 月北京第 1 版　　2010 年 2 月第 1 次印刷

印数 1—50000

ISBN 978-7-02-007747-2

定价 20.00 元

目　录

柯先生的白天和夜晚

月亮，其实并不伤感、也不憔悴、也不孤独、也不苦闷，既然上帝造就了它，它就只好这样漫然地、毫无关联地照耀着。但在它的阴影下，却到处游移着柔软而又令人无法挣脱的晦涩。

柯先生就像这月亮一样，坐在街旁的长椅上吸烟。劲头挺足的那种牌子。看来来往往的车辆。

前面不远，就是一个十字路口，汽车们总要在这里等候指示灯。

他忽然觉得他的车子出了毛病，发动的时候有些困难，后备箱好像也太小，装不了多少东西。

这让他很有些振奋，好像他一直在盼望他的车出毛病。如果不是汽车出毛病，别的什么出毛病也行，比如他的牙齿或他的眼镜。

他买了一本《购车指南》。每天花很多时间研究，并将各种车辆的主要性能指标，绘制成表格挂在墙上，以便一目了然地进行比较。又跑了不少汽车行。每天也不多跑，只跑一家。好像那些有规矩的好孩子，有了好吃的东西，不是几口吞下，而是每天咬一点，细细地品尝。

黑利打来电话，想要看看那几把老椅子。

"噢，对不起，黑利，我最近忙得不得了。"柯先生说。他的声调听上去很急迫，好像那令他极为忙碌的事，就在电话机一旁等着。

他没有像过去那样，抓着一个主顾，死活一说就是三十分钟。他得让他们知道，他并不是只能一头扎在这个买卖旧货的事情上。

黑利的嘴很快。

黑利也喜欢刨根问底。所以柯先生很快就放下了电话。否则黑利会问：你在忙些什么？

不过，在汽车行，或在书本上、广告上研究一辆车，和看着各种车辆同时在大街上跑的感觉可大不相同。所以柯先生觉得他有充分的理由，坐在街旁的长椅上。

这件事确实可以让他忙上一阵子。至少这几天他不用考虑今天该去逛书店，还是杂货店，还是菜市场……

他把这些日程安排的特别仔细。好比星期一去书店，星期二去杂货店，星期三去菜市场……不能星期一去书店，星期二还去书店；或星期一去杂货店，星期二还去杂货店，让书店、杂货店或菜市场的店员看出来，他无事可干、无处可去，只好每天到他们店里瞎逛。

那些书里，讲的都是什么生命和死亡的意义；哪怕海枯石烂也不他移的恋情；山野的淡泊；哭不出来的哭泣；无望了结的人生；历史的负担或忧虑；世人的浅薄粗俗和自己的无人可以理解……一律浪漫得不得了的字眼，和，都是凡人没有，所以也就显得假得不得了的事情，可他还是断不了地买，所以他觉得自己也挺假。

当然还可以去法院旁听审判杀人犯、贩毒走私案；或是去等级不同的议院，旁听州议员们的立法讨论会……听一次还行，听多了也就觉得千篇一律。

"也许你的车什么毛病也没有，你那辆车不是一九八六年的车么？"林达说。

要是你邻人的车坏了，你当然应该表示，但愿这种绝对说不上是好的事,不过是一个误会。

柯先生却觉得她另有所指。硬硬地回了一句:"这是我的车,它有毛病还是没毛病,我还不知道?"马上就为可能发展下去的谈话贴上了封条。

有些事不是经不起推敲,而是不能推敲,特别是不能让别人推敲。

"当然,这是你的事。"林达牵起自己的狗,继续向前走去。

一个男人,一旦到了每天遛六次狗的地步,恐怕就是山穷水尽了。你能指望一个山穷水尽的男人,能说出什么像样的话吗?

柯先生也牵着那条神情像他一样古怪的狗,向相反的方向走去。走着、走着,他就有点后悔,不该那么快地把林达倔走。

柯先生就站了下来,伸手拍了拍他那条狗的头,说:"伙计,幸亏有你。"

于是,那狗就"呜"地一叫,而不是像别的狗那样"汪"地一叫。

林达想,前几年她居然还想嫁给柯先生,真是荒唐。

柯先生有点钱。房子也不错,老殖民时期的。楼上大大小小六间房子,还不包括贮藏室、洗手间。楼下还有大餐厅、外客厅、内客厅、厨房、洗手间。

没有去过柯先生家的人,都以为他一个人住在里面指不定多么宽敞,其实他那栋房子里,塞满了旧陶瓷、旧地毯、旧家具……

旧和古不一样。好比古董很值钱,旧东西就不但不值钱,反而很便宜。

而且那个旧劲儿好像能传染,谁要是在他那栋房子里待一待,谁就不可避免地非旧起来不可。

好比柯先生的脸上,就有一种灰暗的憔悴,像一把久已没有揩拭、打磨的旧银勺。就连他送给她的圣诞礼物,也是一只旧皮夹子。据他说,那只皮夹子是某公主的旧物……弄得林达和他做爱的时候,老觉得她不是和现在的柯先生做爱,而是和一个旧柯先生做爱。

那张不动都吱吱响,一动就天翻地覆的床,让她十分尴尬,好像她真干得那么出色。柯先生说那张床的前主人,是一位举世闻名的物理学家。

睡到半夜醒来,翻了一个身,发现身旁空空如也。下床一找,柯先生正戴着眼镜,在储藏室里研究刻在一只旧玻璃杯上的三个字母呢。他一面翻动着笔记本,一面喃喃地自言自语。一个人上了年纪不一定让人觉得老,可是上了年纪再加上自言自语,就让她觉得柯先生真的老了。

忽然他就把笔记本在胸前一合,仰望着天花板说:"噢,这杯子的主人原来是英格兰的一个望族。"那神情简直让林达以为是,柯先生找到了自己的祖宗。

"那又怎么样,难道用这个杯子喝咖啡就像喝香槟,在那张床上睡觉就不做噩梦,不失眠?"林达说。

柯先生想,往下,她就该问你为什么要倒卖这些旧货了。

这就是一个人和一个物的不同。

这就是一个你和她睡过觉的女人,和没有和她睡过觉的女人的不同。

这就是一个偶然凑在一起消闲解闷的人,和一个从早到晚、事无巨细都紧紧和你摽在一起的人的不同。

这使柯先生警觉。从此打消了找一个女人,与他同住那栋房子的念头。

而林达也明白了,她根本进入不了这个家。因为她是林达,而不是一只旧皮夹,或一根旧手杖。

就在那天晚上,他们同时感到,他们之间的关系应该到此为止。

他这就到康村去。在报纸上看到,今天那里有街道节,说不定就能搜罗到什么新奇的玩艺儿。

车一拐就上了高速公路。一上高速公路，就有一种朝气蓬勃的感觉，觉得自己正赶着去干点什么。虽然到了终点差不多总是没什么可干，或什么也干不成地让人扫兴。可是"在路上"的感觉真好：你就要到某个地方去，到一个暂时还没有变成现实的地方去。没有变成现实之前的东西，老让你觉得有奔头。

　　"赶上周末，你只好像蜗牛一样地爬。有一次我从纽约到波士顿，赶上下雪，整整开了七个小时。我想与其在路上蹭，还不如去喝杯咖啡。啊哈，McDonald's 里面挤得一个空座也没有，全让赶路歇脚的人挤满了。"柯先生对那辆有一会儿和他并驾齐驱的红色 Toyota 说。

　　他说的是"全是赶路歇脚的人"。他这样说的时候，便觉得那次从纽约到波士顿，并不是去看一个什么可看可不看的展览，而是公务在身。

　　然后他看见一辆涂抹得像柏林墙那么花哨的吉普停在路旁。几个穿黑皮夹克，一脑袋头发染得像七彩盘的年轻人，围在车盖前头比比画画，八成是抛了锚。

　　柯先生急不可待地将车停靠在高速公路边的紧急电话亭旁，拿起电话报警。很高兴有这样一个为他人——又何尝不是为自己，效劳的机会？

　　"……对，在 72 号公路，21 号出口附近……什么颜色？看不出来。你不必打听车的颜色，你就看哪儿有一截柏林墙，那就是了。"

　　下了高速公路，一辆小车正好挡在他的前头，走走停停。"嗨，走哇，走哇。瞧这个老傻瓜，她为什么减速？那边路口的黄灯已经亮了，开过去就是了，开过去这儿的红灯正好变绿……跟在这种人后头真是倒霉。"他按了按喇叭，可是他从前面那辆破Ford 的后窗里，看到开车的老太太，竟伸出她右手的中指，朝他捅了捅。

　　"嘿，她还行。"柯先生颇为赏识地说。要是一个人还能赏识另一个人，至少说明他比那个人还行。

到了康村,他把车停好,不慌不忙地从街头看起。

街道节和拍卖行不一样。你兜里就是只有几块钱也可以逛逛街道节,买件小玩意儿或是吃个热狗。这可不是葡萄酸,就凭他研究旧货的劲头,不论研究哪一门类的古董,恐怕早就成了行家。研究旧货,可比研究一个门类的古董,工作庞杂多了。

他不经营古董,因为那些东西太昂贵了。除非亿万富翁,一般人买不起。你干了一年,也许只卖出一个瓶子,只有一个买主或卖主。买主或卖主有时还不亲自出面,而是由他们的代理人,在拍卖行里拍板成交。

拍卖行里的气氛冰冷而拘谨,在那冰冷拘谨的后面,老像藏着个阴谋。只有在喊价或是敲响成交槌的时候,才让人觉得有点人气。可是那一槌,老让没买着的人后悔自己没有痛下决心,错失良机。又让买了它的人,从此七上八下地思量好一阵子:究竟吃了大亏,还是占了大便宜……总之,它带给人的,是一种过于重大的思量。

也许卖出一张凡·高的画,从中可以赚到一大笔钱,但柯先生的目的不是赚钱,而是有个可以与人交谈的理由,哪怕只交谈两句呢。

这目的可能太不值一提,但对柯先生来说,它如晚餐后的一杯好酒,晨间一杯对口味儿的咖啡。

他觉着自己有些年月没有喝到好咖啡了。也不是咖啡的牌子问题。他试过好几种牌子,包括过去他们常喝的老牌子。照太太的老办法熬,加同样多的糖、同样多的奶油,坐在同样的桌子旁、椅子上……可那过去的味道,却永远回不来啦。

也许不过就是缺了那个人,什么就都不对劲儿了。

何必为了吸烟这样的事,和太太吵得不可开交呢,现在,再也没人反对他吸烟了,他想吸多少就吸多少。但他往往瞧着燃烧的烟头,想:吸不吸这口烟,真有那么必要吗?

太太让他分担一些家务,又何必有意将她心爱的整套瓷器,砸碎一个盘子或一个碗？再不就弄坏吸尘器；再不就把容易掉色的衣服和浅色的衣服一同放进洗衣机……吓得太太再也不敢让他干什么。

唉，还想这些干什么，想也白搭……还是打起精神逛街吧。

谁也想象不出那佝偻的老头为什么也来摆摊儿，他那张可以折叠的轻便小桌上，只有一把让人想到一间极脏的厨房的锡壶；一个齿痕累累的烟斗——那个经常叨这烟斗的人，肯定有一嘴参差不齐的老牙；一个蜡烛台倒是手工的，可是过于简陋，不过是块当间有个凹槽的方木头；还有一些卷边缺页的性杂志……全是讲不出什么名堂的东西。

那老头坐在一只吱嘎乱响、随时可能散架的椅子上，双目微合，轻轻地、一前一后地摇摆着他臃肿的身子，根本不在意是否有人光顾他的摊子。没准儿，他也不过是想找个理由，在一条足够热闹的街上坐那么一会儿。

想到这里，柯先生会意地点点头。

那些中年人差不多是专干这一行的。他们很精明，会摆出一两件确实有点意思的东西，但是价钱很刁。

女人干这个的不多。但只要干，就很难缠。

她们干什么不难缠？

你不能轻易地和她们搭讪，弄不好她就赖上你，让你非买不可。你要是不买，她会叫得整条街都听到。

最能起哄的是孩子。八成他们的家长答应，售物所得归他们个人所有。他们的要价，一开始大得不着边际，只要稍作讨论，就会降到一包巧克力的水平。他们需要的是一包巧克力，而不是指望这个买卖养家餬口。所以有时他们把家里还在用着的物件，也拿出来卖了。

这不，柯先生就在地摊上看到一捆旧信，卖货的男孩正在和别的孩子猜拳。他拿起那捆旧信翻了翻，觉得很值得买。看看信封上的邮票，这捆旧信可以说是万国来函。可是笔迹同属一人，又是寄给同一个人的。收信人很仔细，显然也很珍惜这些信，拆封的地方用剪刀剪得整整齐齐，不像有些信，就像让狗咬着撕开的。

寄信的是旅行家？外交官？经营跨国公司的商人？……

这些信是写给父母的？情人的？妻子的？丈夫的？朋友的？……

里面是否藏着有趣的故事？或什么意思也没有？……

这些邮票对杰西肯定有用。杰西集邮。尽管为那只老放大镜，杰西弄得他心里很不痛快。

那只老放大镜的进价就是十块钱，这还是他费了不少口舌杀下来的。弄得那个卖放大镜的老太太，上上下下打量他的穿戴，说："先生，看不出您还在乎这两个钱。"

他不在乎，可是他得为别人在乎。

但是，也不能老让他往里搭钱是不是？

每每决定买进一件东西，他都要尽心尽力地杀价，为的是让他那些买主少花些钱。只有让他们花不多的钱，又能买到有点稀罕的物件，才能对他们有吸引力。

"这个破放大镜也值十块五毛？"杰西把放大镜往桌子上一扔就要走人。

"嗨，杰西，再看看这放大镜，镜片是玻璃的。看看手柄，铜的。现在上哪儿还能找到这样的放大镜？现在的放大镜，从头到尾都是塑料的。"

"塑料有塑料的好处，要不人们为什么把眼镜片儿，从玻璃的换成塑料的？"杰西似乎打定主意，坚决不肯承认那只老放大镜的独特之处。

"你再看看手柄上的花纹，上个世纪末、本世纪初青春派的风格。在美国，你能找到这种风格吗？"

"……放大镜的盒子边角都破损了。"杰西不是轻易接受诱惑的人，很精明地指出这个细节。

"可这盒子是真正摩洛哥烙花羊皮的啊。"

"我真不明白你为什么非让我买这个破放大镜不可。"杰西说。

柯先生那正说得起劲儿的嘴,马上疲软地耷拉下来。

杰西当然不是嫌十块五毛太贵,杰西是看不起他。也许那些买主都看不起他,因为他老是死乞白赖地让他们买他的破烂,他一定是穷疯了……

唉,问题是他也得让自己相信,他这样劳碌,真的是有利可图。可是杰西不,杰西最后还是以十块钱和他成交。

不过杰西留下来和他一起喝了下午茶。

其实他一个人已经度过了很多个下午,很多个白天和夜晚。可是在一个人的、无穷的日日夜夜里,能有一个下午,和一个即使说不上亲近的人喝一会儿茶,也是不错的——如果晚上再接到一两个电话的话。

柯先生在所有的房间里装了电话机,包括地下室。只要电话铃一响,他就手忙脚乱地扑过去,从来没让电话铃响过三次以上。

那天晚上已经很晚了,他对着电视机差不多已经睡了一小觉,正靠在枕头上想,要不要上厨房去弄点吃的,电话铃就响了起来。

"哈喽,是电视台吗?"没等柯先生说是或不是,对方就继续说下去,"小羊队的四分卫斯蒂文太棒了,去年因为他受伤不能参赛,小羊队失去了蝉联冠军的机会,今年小羊队算是报仇雪恨了。什么,你觉得线卫迈克也不错?当然喽,他两次拦截成功。不过斯蒂文二十八次传球完成了十二次,共传出二百三十码。跑阵二十八次,达阵一百九十八码……我看他将来一定能获得'海斯曼'奖。你说不一定?为什么……不,不,那几个太老了,斯蒂文是新星,发展前途很大……嘿,你怎么老说斯蒂文不行,我说,你爹是不是让斯蒂文揍过……随你怎么说,反正小羊队赢了,我高兴,我就是高兴。斯蒂文为小羊队立了大功……"

"咔嗒"一下,那人就把电话放下了,就像他的来电那么突

然。一场突如其来的,关于橄榄球新星斯蒂文能否获得"海斯曼"奖的讨论,就此中止。

柯先生想,也许那人怕他对他说,这里根本不是电视台。而且那人恐怕不那么快乐,如果他真那么快乐,也就不必给所谓的电视台打电话,而且不管是不是电视台,就一把抓住不放了。

1989 年 12 月　于美国威斯林大学

梦当好处成乌有*

　　她吮了一口咖啡,卡普里的第一口咖啡。从昨夜到现在,这一口咖啡可以说是意味深沉。然后从嘴边移开了杯子,紧接着像烟瘾极大的人,久已没有抽烟而又得到一支好烟那样,深深地吸了一口气。很快,几乎是不自觉地又把杯子举到嘴边,又吮了一口,脸上就绽出一个不大情愿而又无法抑制的、赞赏的微笑。

　　后来,她又向侍者要了一杯咖啡。当她说道"请再来一杯咖啡"的时候,声音里有一些愧怍,好像她背叛了一往情深的巴黎咖啡和巴黎的所有。

　　她爱巴黎,那败落的、凄迷的美。

　　在洒落着秋雨的某个日子,坐在拉丁区,而不是香榭丽舍大街某个小咖啡馆临街的廊子里,隔着玻璃窗,散漫地瞧着被秋雨浸淫的街道、行人、车辆和狗……一切司空见惯……她那不清不楚的思绪,便更加自由自在,继续的无着无落。

　　间或有一个没撑伞的女郎缓缓走过,双手插在衣袋里,一身的萧瑟之气,怕冷,或是怕别的什么,尽量贴着咖啡馆的玻璃廊子,眼睛里沤着满满的两窝湿红……

　　她不想说那句让人已经说滥了的话——她们好像已经认识了很久;她们一定在什么地方见过——她无须为女郎的眼泪猜测,不过她确实觉得自己一定在什么地方见过她。便又在下午的时间,在那家咖啡馆的那个座位上,明知无稽并无望,却又暗怀

---

　　* 元代文学家袁桷诗句。

希望地等着她再一次从那里走过。

间或那两个形影不离的酒友，每人挺着一管通红发亮、对未来充满信心和希望的鼻子，彼此搀扶着，像两只刚刚充气、轻盈饱满的气球，飘飘摇摇地飞向缥缈虚无的蓝天白云，以及在蓝天白云之上，才得以一见的干干净净的太阳，而不是飞向拉丁区最便宜的小酒馆；或出太阳时才会暖人的街心长椅；或湿漉漉的夜晚和夜晚灯柱下，那一窄条借以栖身的暗影……他们谁也不必听谁，谁也不想听谁地朗声交谈着，不论什么时候都有值得高兴的话题。拉丁区的人每天都能看见他们，就像他们每天都能看见她一样。

巴黎的早晨是呵欠的、醒来的、忙碌的、消磨的、匆忙的、迟暮的、茶花的、玫瑰的、刚出炉的面包的、老有咖啡在炉子上熬着的、一不小心就踩上狗屎的、巴黎圣母院以外的、穿着蓝围裙的运货工人的……

她觉得自己已经和巴黎的早晨融为一体，在那家咖啡馆里。看报纸；看街景；漫想着那些没什么可想的琐事；写一些可写可不写的信；听那些并不想听而又无意飘进耳朵的、断断续续催人欲睡的谈话……有些人也像她一样，一坐就难以起身，有些人则匆匆地来了又匆匆地走了……

然而巴黎又是抵制的、排斥的……

每日就这样不知是否离去，或不知是否留下地犹豫着、盘桓着。一旦回到租来的房子里，房东太太照例端上爬着蚂蚁的甜点，以及五味俱全唯独没有茶味儿的"英国茶"。

房东太太说到她的英国茶时，带着一种背离了唯法国为是的决绝。和，一个虽然家道早已败落，幸好还能用一两种老英格兰积习以壮声势的空虚。

每当她对那爬着蚂蚁的甜点显出疑惑的神色时，房东太太就会示范地拿起一块甜点，塞进她那阔大而丰腴的嘴。像经过很多个世纪的训练，下等人终于成为上等人那样，没有一点声响地嚼着，并在无声无息中，将那爬满蚂蚁的甜点，嚼出很有声色的滋味。

"我们法国人就是这么吃的。"房东太太说。她并不是在说服她，而是在鉴定她，如果她不能像法国人这样吃，她就根本进入不了文明。

她更受不了那栋房子的气味，那是一种长期未经洗涤的胴体与强烈的香水混杂在一起的味道。不，不可能有人长久不洗浴，那可能是体液残留在衣物上的气味，而那些上等衣物，未必每穿之后必洗。

可她就是舍不下那院子的情调。西班牙式的廊子，垂吊在白灰墙上的藤条，阳光时而在这个角落、时而在那个角落留下的暗影，狭窄、暧昧、回旋不已的楼梯……迟迟下不了离去的决心，就像你有时会爱上一个你也不明白怎么可能爱上的人。

她甚至在物色房子，顶好在塞纳河边，老而破的。从后窗里看出去，可以看得见那河。

房东太太说，恰巧在塞纳河边，她有一栋那样的房子准备出租或出售。

于是，她几乎就要下一个对漂泊的她来说，难有的决心。

可是那一天，她恰恰乘游艇在塞纳河上"来此一游"，风就吹落了她的帽子，她也没想去挽救那顶帽子，那本是一顶在什么地方随便买下的、不值得保留的"旅游品"。

她倚在船栏上，看着它飘飘摇摇，向演绎了许多浪漫故事的塞纳河投去。同时在想，这对那顶帽子岂不是正得其所的时候，却见船尾一个男人，手臂一扬，一把捞住了那顶没有什么必要留住的帽子，让她感到有些多余——因为在这以后，她不得不向那个男人说声谢谢。"谢谢"，已演变成所谓文明人类不得不常常使用的一种道具，以证明你的确是个有教养的上等人，不管你事实上是不是那么回事。在浪漫的巴黎，"谢谢"以后，说不定还会有一个短暂而浪漫的故事……从而就开始了文明之累！

成年以后她尝试过各式各样的生存方式，但都以失败而告终，父亲很担心她的未来，可她却是过一天算一天地混着。有时给广告公司做做商品画,有时在音像公司跑跑龙套,当然也没有和哪个男人有个固定长久的关系。不论哪种生活、哪个人,她都觉得是权宜之计,那正儿八经的日子,目前还没有来到。而后她又开始了浪里浪荡的漂泊,漂泊的人没有什么责任要负,也不必期待他人对自己负什么责任,干什么都是现金付讫,彼此两清……

那男人显然不需要她的谢谢,把帽子递给她之后,就不再和她搭讪,很像她的做派。这当然最好不过,她的嘴角上露出一丝不易看出的满意和嘲笑。

由于眼睛低垂,她注意到男人拿帽子的那只手,也注意到他的指甲,是经过仔细修剪的指甲。不是一般的仔细,而是特别的仔细。这习惯如同一个烙印,凭着这个细节,可以想到他的出身,尽管他现在的穿着已经没有了昔日的讲究,并且和她一样来到这样一艘船上,做这样的大众消费,这让她感到一丝解恨和一点算不上怅惘的怅惘,当然,还有手指上那些并不影响一个男人手相的细小的关节。

这一类细节如一把通行在某些人之间的钥匙,虽然这些人在世界上已日渐消隐,就像史前期的某些动物的消亡一样,没有人能够挽救这种消隐、消亡。

凡是曾经辉煌的事物,一旦消亡,总有一点没落的哀伤,如她在落日时分常常感到的那种轻微的寒颤:总能听到的一种时光而不是时间,随着落日一起沉没的声音。固然明天太阳还会照样升起,可已不是昨日的太阳,也永远代替不了昨日的太阳。

这些细节也越来越残破,但他们总能凭着这样的细节,认出自己的同类,又凭着这样的细节,打开他们之间不仅仅是用岁月和财富垒筑起来的门。这样的门,就是与他们做了一辈子夫妻的人也不见得能够进入,如果他(她)根本不是这种门里的人——可谁让他们也是少不得与异性交配的动物,于是只好将就于消亡过程中的各种凑合……

这也许不是他们的错,这是他们的祖先,注入他们血液中的一种元素——让他们一代又一代，深受与这个越来越通俗的世界格格不入之苦。

…………

还没等嘴角上那点笑意完全收回，在她抬起眼睛那一会儿，却被那男人一瞥定住。他那一瞥先是空洞无物，可慢慢地就有了东西，她甚至看见那东西，怎样穿过亘古的岁月来到现在，又怎样一步一步地走进他的眼睛……而且在不长的瞬间。

而她似乎也在这个瞬间，解读了什么叫渊源，便有了躲过初一躲不过十五的宿命感。不过那人并没有和她纠缠，很快就隐没在人丛里。

她还站在船头，两岸以及河上的风光，还有她喜欢的法语，依旧旖旎撩人，她却失去了来巴黎寻找那份散漫的悠闲。

下船的时候，那些靠着给旅游者留影挣钱的人，没等她同意，咔嚓一声就给她拍了一张快照，这使她大为不悦。

她不是舍不得那几个钱，只是不喜欢拍照。拍了照片怎么办？留着还是不留着？要是什么东西都留着，她就得为那些越留越多的东西忙活，劳累。既然不留着，为什么还要照？

但是她得等个两三分钟，等着照片出来。她不愿意把自己的影子留在这些陌生人的手中。

照片出来以后，她付了钱。拍照人有些鬼祟地说："小姐，您会对这张照片有兴趣的。"这些人都会这么说，他们不这么说，又能说出什么？

她淡淡一笑，朝那粗制滥造的照片瞥了一眼，把它随便往兜里一揣，上了岸。

等她在点心店喝完下午茶，掏出钱夹付账的时候，那照片随着兜里乱七八糟的东西，掉在了地上。她很不情愿地一边弯腰去捡照片，一边想着照相师强加给她的这等麻烦……不经意地向那张照片望了一眼，这一眼足以让她想起照相师的那句临别赠言，果然事出有因："小姐，您会对这张照片有兴趣的。"

当然，还是刚才那张照片。不是那张又能是哪一张，难道兜里还有另一张吗？

她清楚地记得，最后一次拍照可能还是拿到博士学位那一天，很有一点荣宗耀祖、昭告天下的意思。那时，她对这一类事情还饶有兴味。不过那是哪一年的事了！

照片上的女人当然也是她，不是她又是谁？可完全不是身上这套牛仔装扮，而是男不男、女不女的一袭短袍。很像巴黎凯旋门上拿破仑的那个雕像，野心勃勃地套着一袭罗马皇帝的短袍。

可她的颈子上，却不伦不类地套着三条血红的玛瑙项链。

照片上竟然还不止她一个，与她相拥在一起的，竟是那个替她把本应掉进塞纳河的帽子捞回来的男人。他身上穿的，也不是捞帽子时的那件格子外套，而是二战时期盟军海军陆战队的军服。

她不认为这是拍照人为招揽生意制造的噱头，于是一屁股又在点心店里坐了下来，一直坐到黄昏，也没想出头绪。然后又来到塞纳河边的码头，以为可以等到刚刚乘过的、那只叫做"乌乌"的船。

一只船，怎么会叫"乌乌"？虽然"乌乌"两个字写得很抽象，如果不是让她这个对中国文化兴趣有加的 ABC，而是让别人来看的话，很可能不知所云，或是爱怎么解释就怎么解释的现代绘画。

据《史记》上说，"乌乌"是公元前秦国的歌曲。

而"乌乌"是什么样的歌呢？如果连她这样一个 ABC 都不知道，那么这个巴黎的船主，又怎么能知道"乌乌"？

可是等到天黑，也没有再看到那艘叫做"乌乌"的船，当然更不会看到那个为她捞帽子的男人。

以后的几天，她就觉得不对劲。

不论走到哪里，都不由得四处张望，好像有个千面人在跟踪她。好比那个邮差，怎么老是拿着那封蓝色的信送不出去？挨门挨户地询问："请问，这里有一位阿代尔先生吗？"是真送不出去，还是做出送不出去的样子,其实不过是在跟踪她?最后,那封信还无缘无故地掉在了地上,那邮差低头捡信的时候,透过夹在两条长腿间的裤裆,向走在后面的她,偷偷看了一眼。

他以为她不知道他夹在裤裆里的盘算吗?

又好比那个替干洗店送衣服的女人,怎么从来没有见过?还对她说:"小姐,这里有一封给您的信。"她打开那封信,信上说,她的衣服上有一处油渍就是洗不下去,店方为此深感抱歉云云。

为什么洗不下去?她的衣服上又不是第一次染上油渍。

转身就把那件洗不掉油渍的衣服扔进了垃圾桶,后来想想,不对!又把那件衣服从垃圾桶里翻了出来,经过一番研究,那块油渍横看与竖看、远看与近看,却是有些不同,果然很有些阴险的样子……不过这也许都是因为洗衣店那封满含暗喻的信。

又好比圣母院大门前,她喜欢坐在上面晒太阳的那个台阶,现在总是捷足先登地坐着一个阴沉的男人,眼窝里盛着几生几世的仇意,她甚至能感到他那如刃的目光,削过后背的寒意……但这并不能阻止她照旧坐到那台阶上去,只是感到后背那片利刃,随时可能让她喋血圣母院。

直到这天晚上,才感到不再有人跟踪,便换了套裙装,到一个很小却很讲究的馆子,闲适地吃了一顿价钱公道而又不失水准的晚饭。巴黎的饭馆大都不错,所以不失水准算不得什么,加上价钱公道才有点不同凡响。

如果没有那个上了点年纪,像个纳粹的瘸腿男人过来和她搭茬的话,这顿饭可以说是完美。

就在吃饭后甜点的时候,那男人瘸着腿走到她的餐桌前,问道:"对不起,小姐,我能打搅你吗……我们一定认识……"

就凭这句旧得拿不起个儿的搭讪,先就让她没了好气儿。还"我们一定认识"呢,这是哪个世纪的词儿了,能不能来点儿新鲜的?

也没等她回答说不可以,或我根本不认识你,他就接着说:"告诉我,这是谁的作品……"他那侧着的耳朵,指向正在播放的音乐，又是没有等她回答，便继续问道："你知道喜马拉雅山有多高吗？"

就像《简·爱》那部通俗电影里的男主角罗切斯特问简·爱："你会弹钢琴吗？"而简·爱就必得坐到钢琴前头，弹两下似的。

通常那些一夜之间暴富起来的人，就是这样对待他人，特别是这样对待女人。

说着，他就想拉开一张椅子坐下。

他以为天底下的女人都是简·爱，或现在还是出产简·爱的那个时代？！

"对不起，你还没有问我，你可以不可以在我这里坐下，我也并没有请你在我这里坐下。"她慢慢咽下嘴里的食物，好像请他坐下那样客客气气地说。

那男人有些意外地放开已经拉出的椅子，只好继续站着。

"为什么我应该回答你这是谁的作品，而不是你回答我？再说，你知道纳粹在二战中杀了多少无辜吗？"她一面慢条斯理地说着，一面在他那日耳曼式的淡色眉毛、眉毛下的淡色眼珠，以及方而宽、且说一他人不能说二的下巴上逡巡。

他当然听清楚了关于纳粹的问题，不然就不会那样专注地辨听似有似无的音乐，并漏洞百出或欲盖弥彰地挑拣了一个回答："啊……这是肖邦。不过我在问你喜马拉雅山有多高。"

她说："我也在问你，纳粹在二战中杀了多少无辜？"她确定他曾是纳粹无疑，她不会无缘无故上来就想到这个问题，并揪住不放。

他说："你为什么不回答我，噢，你不知道是不是？"

她说："想必你知道世界上的每一个人，或每一桩事了？"

他说不出话了，他一说不出话，就从短而粗的脖子里，爆发出一阵震耳欲聋的大笑。

真是的，你能指望从这样短而粗的脖子里，发出什么优雅的笑吗？

她招了招手，那永远看不见在何处、又永远像是守候在一旁的侍者,马上走了过来。她对那侍者说:"请送这位先生回到他自己的座位上去。"便不再看他那尴尬也好、一败涂地也好、恼羞成怒也好的脸……而是低下头来,继续享用她的甜点。

当某个人感到尴尬或惨败时,有教养的人是不应该盯视不放的,不管那是一个什么样的角色。

从饭馆出来后,沿街漫步在街灯不算明亮的林荫道上。风儿也凑趣,习习拂着。巴黎那著名梧桐树上的老叶子,却不堪这风的吹拂,不时落在她的肩上、身上、头上……她听到了那些坠落的叶子没入尘土前的低吟。在渐晚的秋天,很有点温存而不是凄凉的意味,便忘记了饭馆里那个当年的纳粹,如今的土财主,竟吹起了口哨:《费加罗的婚礼》中费加罗的咏叹调,越吹越觉得,游荡的潇洒。

路上不断有行人走过,但她照旧吹个不停,谁也别想约束她。这里是巴黎,没有人会对他人的行径大惊小怪。就算有人大惊小怪,她也不是为了别人的看法才活着。

不知自己走了多久,也许很久,远处有钟声在响——钟声,她停下脚步,想,是不是该回去睡觉了?就在这时,从对面林荫深处的黑暗中,传来一阵纷乱的脚步声,一个奔跑中的男人和她撞了一个满怀,可那男人并没有停下来道歉,而是抓住她的手,不容分说地拉着她就往前跑。

她说道:"喂,喂,你要干什么?放开我,放开我。"

这当然不是一桩色情案,可也不是闹着玩。

那男人并不回答,还是紧抓着她的手,继续奔跑。

她一面挣扎一面低声威胁道:"放开我,不然我要喊警察了。"

他扭过头来对她说,"嘘,别吵,快,快跑。我是来给你送消息的,他们已经发现你在这里,马上就要来了。"

果然,她听见了后面的黑暗中,有杂乱追踪的脚步。但她觉得这男人很可能是精神病医院在逃的患者,而后面追踪的人,可能是医院的医生。让这样的人缠上，很难预料会有什么麻烦发生，只得尴尬地张口喊道："救命啊！救命啊！"

奇怪的是她又不感到十分恐怖，之所以喊救命，是因为在这种情况下，大部分人都会这样做。好比猛地呛了一口水，如果不吐出来，就得往下咽。

可是后面的人却喊道："站住！站住，不然我们要开枪了。"

为什么要开枪?!看来，这男人和精神病医院、精神病患者并不相干。

他跑得更快了，一边跑一边气喘吁吁地说："赶快，赶快，把东西交给我，然后往另一个方向跑，他们要抓的是你而不是我。"

"什么东西？我没拿任何人的东西，你是不是看错人了?"

"到了这种时候，你怎么还这样说？我怎么能看错人，我也好、他们也好，都找了你很久了。"

她更觉得无稽，身子用力往后坠，并使劲掰他紧抓着她的手指，继续喊救命。

可是，她真听到了枪声，很近。

枪声反倒使她安静下来，那枪声好像告诉她，他们果真是一对共谋，此时此刻他们必须同心协力，才能逃出险境。于是她不再喊"救命"，跟着那男人，开始认真地跑起来。

他似乎相当熟悉这条街上的每一栋房子，和房子之间的穿堂，领着她在那些老房子和房子之间的穿堂里不停地奔跑。

他们仓皇的脚步，在卵石铺就的老路上，为追踪者敲打出明确无误的导向。而他们却像遇见鬼打墙似的转来转去，或是根本就没打算逃出去。

她明明觉得枪子儿噗噗地打在他身上，可并不见他倒下，而自己的腿上，却实实在在地挨了一枪。血从她的腿上流了下来，她的裙子湿了，重重地裹在腿上，她就要倒下了……

他们跑到了一个四面有楼房、像个院子的地方，突然，四周楼顶上有光线极强的射灯，莫名其妙地亮了起来，也有人十分荒唐地喊道："停！停！"

还有一些人站在屋顶上,几架摄像机,小火炮似的从不同角度,死死地对准了站在院子当中的他们。然后屋顶上的那些人,向一个人围拢过去,只见那人对他们不停地说着什么。

低头再看看自己的腿,什么问题也没有,可她刚才明明觉得腿上中了一枪,血从腿上不停地流下……回头看看身边一直拉着她死跑的男人,惊讶地"啊"了一声就闭紧了嘴。

这个在奔跑中始终看不清面目的男人,可不就是那个穿着格子外套给她捞帽子,而在那张奇怪的照片里,又摇身一变,穿上二战时期盟军海军陆战队军装的人!

就在这时,楼顶上的灯又突然熄灭了,楼顶上的那些人和那些声音,随之隐去,那一直抓着她的手拼命奔跑的男人,也在她的身旁慢慢倒下……

她连忙低下身去,着急地问:"嘿,嘿,你怎么了?!"

这时他已不能讲话,指指自己的前胸,示意那里有什么东西需要交代给她。

她蹲下去,解开那男人颈子下的两个纽扣,只见他的颈上,挂着一条编结手法十分复杂的带子,带子下面坠有一个护身符似的东西。

他又示意她把那"项链"取下,她只好照办。刚把那"项链"取下,男人像是终于完成一个长久未能完成的重任,松心地叹了一口气,便睡了过去。就像那些累过头的人,突然停下劳顿,就会不省人事地睡去一样,那是一种介乎睡眠和昏厥之间的状态。

星光下,他那几乎睡死的脸,又慢慢运动起来,并在那运动中渐渐变幻,它不再是那张奇怪的照片上的脸,而是人们在博物馆里常常看到的那个非常著名、距今年月十分遥远的、那尊雕塑的脸。

随即,那脸如岩石般地凝固起来,可在那两只岩石般的眼睛里,却有一双随意活动的眼珠。那双盯着她的眼珠,既有恳求也含有谶语。

那一会儿,她彻底忘记了任何情况下不能失态的家教,深感恐怖地尖叫起来。四周楼上的很多窗子里，亮起了灯光，一些窗子乒乒乓乓地开了，有人伸出头来，问道："发生了什么事？"

还有人走出楼房，来到她的身边，关心地问："小姐，你需要什么帮助吗？"

"你是否病了，要不要救护车，或是打电话给警察局？"

这时她才发现，她身旁其实什么都没有，不论是身穿二战时期盟军海军陆战队军服的男人，或是博物馆里那尊著名的雕像。便十分窘迫、尴尬，什么也说不出地离开了。

跑到亮处，张开手掌一看，发现手里攥着的，并非是从那个莫名其妙的男人胸前取下的吊坠，而是一个小小的秦印。上面篆刻的也不是秦印上常见的小篆，而是龙飞凤舞、她根本不认识的一种西文。

写的是什么呢？尽管不认识那些字，但她想，肯定是重要的信息。

回到住处，又对着秦印上的西文猜了很久，还是一无所获，只记住了最后几个飞扬的字母，并坠入由那几个字母织成的网，在那字母网的飞旋中，坠入了睡眠。

这本该是一个不眠之夜，可是她太疲倦了，即便半夜被远处传来的一阵恐怖的嚎叫惊醒，也不过似听非听地听了一会儿，翻个身又睡着了。

第二天早上醒来，床头柜上的秦印却不翼而飞。她坐在床头愣了一会儿神，想，不翼而飞可能是最好的结果。可是想起岩石般的眼睛里那猜不透的箴言，便否定了关于最好的结果的设想。

她照例在十一点左右下楼吃早饭，胃口也照旧像往常一样的好。

房东太太对她说："警察在塞纳河上发现了一具男人的浮尸，据法医说这尸体是几十年前的，但却保存得很好，没有腐烂。谁也不知道它是从哪儿来的，暗探正在侦察。"房东太太通常会在早餐桌上报道巴黎的新闻，比广播还详尽，还快速。

她慢慢地嚼着，眼睛不眨却又并不专注地看着房东太太。每当房东太太报道新闻的时候,她总是眼睛不眨地看着房东太太,以补偿她不愿谈点什么的不足。

房东太太的新闻果然离奇,可是再离奇也离奇不过她昨天晚上的遭遇。但不知怎么想到,那具男尸身上,会不会穿着二战时期盟军海军陆战队的军服?

这样一想,也就自然地想起几天前的那张照片,可不是,麻烦来了。

可这也不能影响她喝完最后一口咖啡,又用餐巾擦了擦嘴角,起身之后,对房东太太说了声谢谢,才转身回到她的房间。

她在房间正中站了一会儿,想,顶好把那张惹是生非的照片烧掉,或是撕碎在马桶里冲走。

可是找遍满身的口袋,也没有找到那张照片。又在背囊里、箱子里、屋子里,凡是她想得到的地方一通乱找,还是没有找到。

难道丢在了码头上?路上?或是饭店里?实在想不起来了。

不过她也没有为此着急多久,她想,着急也没有用,凡是命中注定要发生的事,躲是躲不过的。

于是便不再找那照片,也不再想那具男尸,信步走了出去。

太阳永远像是什么都不知道,什么也没发生过的那样,该照耀的时候继续照耀,而天空也格外的晴朗。

有那么一会儿,她恰恰站在火车站前的广场上。大巴士运来了一车美国游客,他们兴奋地谈笑、诚心诚意地赞美着即将去到的意大利,好像他们不是美国人,而是意大利人。

美国人有一种不知防范和隐蔽的,缺心眼的可爱。她作为一个 ABC,多少和悠久的中国文化沾点边,原该比欧洲人更有资格笑话美国人的通俗,可为这一点,她宁可喜欢美国人,而欧洲,如今只落得为喜欢怀旧的人,提供一些品位了。

旅行团里有位老太太,让她觉得有点像从未见过的母亲。干瘦、穿一件绿色的 T 恤衫和一条精神抖擞的牛仔裤。背一个行囊,神色却是闪闪烁烁……特别是她闪闪烁烁的神色。

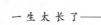

　　不提那些离奇的遭遇，也许是那一群对意大利不吝惜溢美之词的美国人，也许是晚饭时，冰箱里还是没有什么可吃的……这些说不上理由的理由，终于让她决心离去。

　　她当然要去意大利，不过把去卡普里的日子留在了最后。好像到了那里，就是到了终点，她将不再离开；好像她企盼的、那正儿八经的日子，将会从卡普里开始。

　　在意大利的游荡和在法国全然不同。

　　意大利不那么经常地记着昔日的显赫、富贵，而法国却一日不可忘记。

　　她想起好不容易读下来的那部中国名著《红楼梦》，其中有句话：是真名士自风流。真叫贴切！

　　在意大利，她感到了真正的无拘无束。也始终没有机会看到一张苦脸，如果不算在拿波利一棵棕榈树下，那条没尾巴的拳师狗（Boxer）的话。它完全不符合拳师犬协会所确立的犬种标准。按照那个标准，它的脸，应该瘦削平整，看上去不可有"胖"感，更不可有皱纹。头部应该圆而健壮，肌肉发达，不可有显见的垂皮。而棕榈树下的这位，却非同小可地耷拉着很大的、软软的腮帮子，而且脸上满是愁纹，你只要把那张脸看上五分钟，准会掉泪。你会想：如果连狗都愁成这个样子，人还怎么活？

　　…………

　　终于到了旅程的最后。站在那不勒斯码头上远望，卡普里绵延起伏在海气的后面，有点像个躺在海上小憩的、身材修长的女人，让人异想天开，虽然她从来不是一个同性恋者。

　　以后会不会是，她不知道。谁能预料未来的事呢？

　　从那不勒斯上船的时候，还是风和日丽，一瞬间就来了像她一样漂泊不定的风和雨——没有缘由的，说来就来，说去就去。

　　那风雨带着嘲笑，肆虐抽打、捉弄着从不可一世忽然间就变得渺小，因渺小就显得肮脏可怜的海，更不要说海上的船只。海在那风雨的揉搓下，倾斜着、颠覆着、忽长忽短着，忽而直冲云天，忽而沉沦地狱……

　　随着一声炸雷，乌云笼罩的天空裂开一道缝隙，有道金光曲折地从那缝隙里射出，如一条金蛇，在阴沉寒彻、穷凶恶极的乌云中往返游弋。随着它的腾挪翻跃，海变作了天，天变作了海，直到它穿射入海，方才风息浪止。

　　每遇风雨，她就有一种自己也说不清的、隐秘的不安，她那沉溺、暮气的心，也就跟着着三不着两地翻动起来，可这次，当周围的乘客在船身的剧烈颠簸、摆动中，不断发出惊叫时，她却如同坐在台风眼里那样稳当，连自己也觉得有点怪。

　　水汽，雾气，风旋，还有一种幽冥的黑暗……弥漫在她的周身，反倒像在保护着她，不受周遭危险的侵害。特别是她手腕上的那只玉镯，突就森凉起来。那森凉，从手腕蜿蜒爬过她的胳膊，肩膀，爬进她的心。

　　看看腕上的手镯，也和往常一样，并没有显出什么特别之处。

　　难道她真像占卜人说的那样，是个"水"命吗？

　　船儿惊魂未定地靠了岸。

　　晚上没有睡好，也说不清缘由。

　　下榻的旅馆在一处海湾的崖壁上，放下行囊后她无意地朝外瞧了一眼，不知怎么就又扭过头去瞧了第二眼，好像有人在窗外、在海上呼叫着她的名字，让她趴在窗口上愣怔了许久。

　　海就直垂在她的窗下，近得就像躺在臂弯里的一个情人。清澈浅显的灰蓝里，却包含着深深的诡秘，懒散地、等待地、诱惑地摇曳着。让她觉着眼晕、心晕、头晕，上当受骗。

　　白天，这里的涛声听起来和别处的涛声没有什么两样，到了晚上，可就有些怪异。让人想起一生中好些遗憾而又无法挽回的事情，甚至那些老家庭里流传、保存了几个世代的隐秘。

　　难道卡普里的涛声就是这样的吗？她起来、睡下，睡下、起来。

放眼望去,海大无极。上面悬着一个颤抖的月亮。

她也就跟着颤抖了一下,明明地,身体里就有了什么变化,好像月亮流进了她的骨髓。便觉得要是睡去可能就会错过什么,于是张着耳朵,去辨听身体里的那种变化,可又什么也没听着。

半夜里,不知第几次起来向窗外张望,对窗外的景象已然有些熟悉的她,便有些散漫,可这次向窗外一望……啊,有个老岩石般的男人,就站在外面的阳台上。起初她以为是玻璃的反光,便关上所有的灯,看个仔细,果然是个人,而且从他老岩石般的嘴里,说出老岩石般的话:"来吧……"

上哪儿?

等了一会儿,他没有回答,他的沉默也有着老岩石般的颜色。然后她拉上了窗帘,倒头睡了。

就在睡着的那一会儿,她做了许多乱梦。

先是梦见她"故去"多年的母亲——父亲是这么对她说的,实际上她根本不记得母亲,在她刚一出生的时候,母亲就去世了。

梦里的母亲亲切而漂亮,甚至可以说有些佻巧,完全不是老照片簿子里那种心怀诡计、深不可测的样子,穿着很长的丝绸旗袍,戴着很长的耳坠,那耳坠摇摇曳曳地撩拨着人,有点挑逗的意味。看起来,母亲也和所有的女人一样,乐此不疲地使用着这点浅显的小心眼,可又中规中矩、点到为止。

关于旗袍和旗袍有关的事情,她所知甚少,那是一个遥远的大故事,很多人记载过那个故事,可有什么能使后来的人惊诧?

到了后来,谁能永远记着别人的故事,自己的故事还来不及读呢。即使那些故事或哀婉欲绝,或惨烈离奇,或慷慨悲壮,或鲜血淋漓……但都已是过去。人们更关心的是和自己相关的悲欢,而后来的故事,也会像潮水一般无情地把前面的故事推走……

母亲的手腕上戴着一只手镯。

那只手镯,恰恰就是她现在手上戴的。

可母亲却对她说:"瞧这只手镯,还是我小时候,在奶奶那个旧物箱子里翻出来的。那箱子不知道在阁楼上放了多少年,要不是我,恐怕那阁楼永远也不会有人上去。也不知道谁,把这手镯丢在了那里,上面满是尘土,我把它擦了一擦,才看出它的成色,真是块好玉,汉玉呢。看见了吗,玉里还困着一条龙……"

母亲自如地和她聊着,丝毫没有突兀的感觉,就像母亲一直看着她长大成人,她们当中从无断头、接头那样,一开口就接上了茬;就抹平了她们当中几十年的空白。

母亲还向她伸过手来,让她瞧瞧那手镯。她看了很久,怎么也看不出母亲说的、玉镯里的那条龙。

"看不出来?你看,这儿是龙头,这儿是龙爪……可是看不见龙尾……真是神龙见首不见尾。但凡有点来头的镯子,都应该是成双成对的。我想,龙尾肯定在另一只手镯上。就在老宅子里到处找……你知道那所老宅子吗,听说现在还在,可是没有人能像我这样,知道它所有的暗道……"说到这里,她有点幸灾乐祸,"有些暗道可能跟着我永远地死去了,但我就是找不到另一只手镯……将来你就会明白……其实所有的人都在找这个,或是找那个,只不过说不出自己在找什么罢了。不过我一戴上它就生病……看来我是没有戴它的福气或是命,我的福分和命压不住这只手镯……知道吗,玉和人一样是有灵魂的。"说完,就意味深长、万般慈爱地看着她。

她觉得母亲所有的话,都是神神道道的胡诌,这可能和家里人对她灌输的、有关母亲的传说有关。

可是说到玉有灵魂,心里真是一动,就跟说到她有灵魂似的,她有了可算遇到知心人的感觉。因此又觉得这个从未用一丝一毫春晖般的温暖照耀过她的母亲,到底还是她的母亲。

也不知道母亲说的那个老宅子在什么地方。他们家把与"老"有关的一切,都留在了远方。

一位姑奶奶曾暗示过,母亲并非死于大家所说的、那个治不好的病,而是在她出生后的几天,就不知去向。"你长得不像他们……他们都说你长得像……像那个奶妈。可不是嘛，你是吃她的奶长大的。"姑奶奶很不情愿地说。

姑奶奶说，他们家的人，祖祖辈辈都像老宅子墙上那些磨砖对缝的青砖，严丝合缝、敦实规矩地待在自己那一方地界上，只有她的母亲是个例外。

"你妈妈她是个不安生的女人，她不高兴，老是不高兴。我是从小把她看大的，可从没见她笑过。不知道她在想什么，老是皱着眉头，一声不响地在屋子里走来走去，好像丢了什么东西老也找不着似的。你想想，一个老是不笑的人，能好得了吗？"

"能好得了吗？"是指对他人的影响还是对自己的命运，就有点含义不明了。

当她长大又略知风情以后，也猜测过母亲是不是和什么人私奔，以及她是不是母亲和别人的私生子，可是她从父亲对母亲那份怀念以及对她的宠爱来看，又不像。按照他们家的习俗，家里一直藏着父亲与母亲初夜交欢的那块垫布，她当然没有见到过，不过姑奶奶说："那是雪地梅花缤纷落啊——你长大了也会有那么一天的。"

她听了以后哧地一笑，其实她那时还小，那么小就能哧地一笑，很让那位姑奶奶另眼看待。

她出生的日子也有些特别。所谓特别，倒不是家里人老对她提起的那样，"你是二月二龙抬头那一天出生的。"让她觉得特别的是，父母亲是上一个中秋节完婚的，她把日子算来算去，总觉得那是一个谜。

而且母亲留下的东西林林总总，她怎么就挑上了这只手镯？又不是精心挑选的结果，只是顺手牵来的一件，与她毫无瓜葛的所谓母亲的纪念物。

可能这也是原因之一——她爱上了漂泊。

后来又梦见来到一个极大的、被人盗过不知多少次的汉墓，从那墓室的结构看出，死者生前是一个地位特殊的人。墓穴里什么也没有了，只留下一个巨大的空椁。

她在墓室里迷失了方向，走来走去也找不到出口，或是说她根本就不想走出去。一边走还一边迷迷糊糊地想，这是否就是母亲说过的他们家的老宅子？而这些通道是否就是母亲在老宅子走过的暗道？

可这不是个墓穴吗？

就在她似有目的、又无目的地走来走去的时候，忽然在前墓和后墓之间的通道壁上，发现了一幅色彩、线条都相当模糊的画，如果不仔细看，很可能以为那是一片水渍。

画上一匹通身漆黑的马，如果不是它四只蹄子中有一只是白色，那肯定是一匹无可挑剔的马了。

马背上驮着一个被天然麻色织物包裹的人，从这人露在外面的一只脚来看，那应该是个女人。

她对那只脚看了很久，从那只脚上，她读出的不只是它主人的气质，似乎也读出了它主人的历史。

她始终认为，看一个女人，要从她的脚看起。就像买匹马，不但不能忽略它的踝部，而且要格外重视它的踝部一样。

恰恰是这不引人注意的脚，最能暴露女人的本性。如果她是个男人，要她来挑选女人的话，一定先从她们的脚选起。为什么看相卜卦的人，只看手和面呢？看脚吧，脚能告诉人们的更多。

眼前这只脚，脚踝很细，承转着脚面往小腿而上的、优雅流畅的曲线。特别是从踝部往脚面而去的那条肌腱，与从拇趾往上那条肌腱交错处的上弧、下弧，真是只有在上帝的偏爱下，才能制作出的恰如其分。可以肯定，这只脚，是可以造就一个气质、品位都很优良，一生享用不尽男人呵护的女人的脚。

不过再往上会怎样？她就无从得知了。先不往多里说，只说膝关节怎样？她看不见。如果膝关节那里不能保持踝部这样的细腻和优雅，而是骨节粗大或粗鄙的话，这种造就也就半途而废，不要说讨不得男人的宠爱，即便万分努力，也只落个劳而无得的苦命,或费力不讨好的贱命。

忽然觉得自己脚上有些异样的感觉⋯⋯原来在明朝之末,那个冬日的上午,有个男人在崇祯皇帝刚刚自杀的煤山上,吻她的脚。

她很重视这个突然而至的细节,尽力猜想那男人的模样,可怎么也猜不出,这让她感到非常的遗憾。想到远在明末那个男人,就能在无遮无拦的光天化日之下吻她的脚,而不是躲在阴暗的角落或淫逸的罗帐里,鬼鬼祟祟、荒淫无耻地捏她的脚,抠她的脚心,无论如何是很不寻常的惊世骇俗之举。

也像所有的女人那样,开始想一个很女人的问题:那男人想必是宠爱她的?既然得到这样的宠爱,想必自己从脚到腿部都应该是非凡的。她低下头,掀起自己的裙裾,还没往上深探,就发现她的膝关节不但是粗大的,更是粗鄙的⋯⋯那么她的命,应该是贱命了?也许苦命贱命兼而有之。

可冥冥中有个声音响了起来:知道是谁又有什么意义,从本质上来说,那并不等于他和你有更深的缘分,也许你们的缘分不过就是这一脚之吻。再有,你怎么能自作多情地认为,一个男人,吻一个女人的脚,就是爱那个女人,而不是为自己享乐制作的消遣?吻脚和搓脚、抠脚、捏脚;光天化日之下和阴暗的角落、淫逸的罗帐,又有什么本质上的区别?所谓不同,都是你们女人想象出来的。你又怎么知道你们彼时的恩爱,不过是一个大阴谋里的小道具?他也可能以此来迷惑你,你也可能以此来迷惑他?不要说时间过去得那样久远,即便当时,你又怎能知道你们不是被套在一个大故事里?在那个故事里,你扮演的是什么角色,他扮演的又是什么角色⋯⋯

她想,说得也是。

又一想,要是人人都有那样的悟性,能把所有的谜底看穿,这个世界还怎么继续下去?⋯⋯

罢,还是继续看壁上的画吧。

就在她凝神细看的瞬间,马背上驮着的女人挣扎起来,渐渐就露出她的一只手,手腕上套的,正是母亲刚才示给她看的那只手镯,也就是她现在手上戴的这只手镯。

难道她一出生就不见了的母亲,到这里来了?不过她很快就否定了这个想法,这是一个汉墓对不对?

另有一匹白马上的骑手,牵着那黑马的缰绳。那骑手下半截脸上,勒着一方黑巾,让人无法看清他的面容。可是齐着他的双眉,一道恶狠狠的疤,从额上横穿而过。他的眼睛里,却深藏着先知先觉的悲怆,让人一着眼就会想:是不是应该断绝自己今生以及来生所有的希望?

骑手不停地鞭策着他的坐骑和那匹黑马,两匹马便如疾风般地向远方驶去,转眼就了无踪影,她只能望着那一路烟尘,空自追索。

再回头一望,一组沿河而建的宏大建筑群,隐约在雾气缭绕之处,便好奇地向那里走去。到了近处,才看出那是一组和汉墓完全不同的古罗马式建筑。

尽管人们往来穿梭,并与她擦肩而过,却没有一个人注意她,好像她穿着隐身衣似的。心里明明白白地对自己说:"这是梦,在梦里什么事都可能发生,就像梦见自己曾在大庭广众之下随地'如厕',毫无羞涩之感,也不曾有人大惊小怪一样。"

顺着河堤信步走去,又拾级而下到河边,不知怎么就拐进了一条与墓穴中的通道差不多的秘密通道。通道里漆黑一片,满是潮气,还有潺潺的水声。什么也看不清,只好跟着感觉一步一步往前走,相信总能走到大见光明的地方。

可她却被等在黑暗中的一个女人拦住,那女人的手臂孔武有力,让她不能相信,那是一个女人的手臂。可是不论从她身上发出的气息或她衣着的质地来说,都是一个女人无疑。

那女人对她说:"我还以为你不来了,或是让什么人发现并拦截……我在这个通道里已经等了很久……好了,好了,所有的事情都来不及了……你听,钟声已经响起来了。"

隐约间,果然听到钟声,还伴有隆隆的巨响。一到非常时刻,她总是听到钟声,所以每当钟声响起来的时候,她都有一种时刻已到的感觉。什么"时刻"? 那就不得而知了。

那女人又绝望地说:"现在所有的门都关闭了……完了,你们没有时间、也没有机会了……她早已想到,万一我接不到你,延误了时机怎么办,所以给了我这个……"说着,那女人塞给她一个小小的布包,"她说,'万一不行,不知何年何月才能相见,不论轮回几生几世,就以这只手镯为证。'这只手镯里是个龙头,她那只手镯里是个龙尾……现在你赶快回头,也许还能出去。"说完,那女人便慌慌张张地跑走了。

而她一直没有机会讲话,甚至问一句这是怎么回事的机会都没有。

女人似乎也不想听,或不允许她讲话。她的焦灼、绝望、气喘吁吁都显得很夸张,还有些阴谋得逞后的得意。身上似乎还佩着一柄剑,随着她的动作,经意或不经意间,便扫过自己的身体。

…………

这真是一个离奇的梦。

明明知道是梦,可还是当了真。她不想招灾惹祸,便按照那女人的交代,向来时的路返回。

出得通道一看,却不是来处,而是罗马元老院后的广场! 正是公元前四十四年三月十五日,恺撒被刺杀前的那个时刻。

全罗马的人好像都涌到广场上来了。

广场如遭狂飙涤荡,人们被这狂飙主宰,时而被狂飙卷向那里,时而被卷向这里。

每一双眼睛怒目圆睁,却又像盲人一样视而不见。每张嘴都在呐喊,如海啸般一浪一浪汹涌而来,但谁也听不清人们喊得是什么。

广场虽然广阔恢宏,人们却如封闭在一个巨大无朋、含有疯狂元素的高压容器里,从每一张嘴里迸发出来的呐喊,又煽风点火地增加着容器里的压力。现在,那容器只有破裂、爆炸,才能把他们释放出来。他们期待着引燃的火星,哪怕他们在随之而来的、毁灭性的爆炸中化为灰烬……

可要问问其中的任何一个人：

你为什么这样愤怒？

你觉得杀死恺撒，罗马就有救、大众利益就得到了保障？

想要杀死恺撒的人，真是为了伸张正义？

换一个领袖真的比恺撒更无私、更好、更不想称王称霸？

……肯定没有一个人能说得清楚。

只有她站在一根圆柱的阴影下，为眼前的骚乱，寻思着一个真正的和正当的理由。

但是有人打断了她的思索。

一个身披宽袍，并将宽袍裹得很紧的人，走近了她。她认出，那宽袍是元老会的常礼服。

那长老贴着她的耳朵说："钥匙呢？"

她一惊，"什么钥匙？"

他急切地说："快点，快点。"

她还是不能明白，"你说什么？"

他捏住她的胳膊，不动声色地用着力气，拖着她离开人们聚集的地方，来到一所石门前，指着那石门又一次说，"钥匙！"而且穷凶极恶地看着她。他的眼神，是时不可待的、事关重大的、你死我活的。

不用说什么，她就明白了那石门对他的重大意义，可她无能为力，他是把她错当另外一个人了。

她注意看了看那石门，像所有的门一样，没有什么特别之处。至多一扇门上有门环，另一扇门上没有。

门楣上也刻有一行字，她当然不认识那行字，可她认出那行字的最后几个字母。那正是巴黎那个离奇的夜晚，她在那枚秦印上看到的那几个飞扬的字母。

看到那几个字母，她不由得往后退去，那长老却一步一步地紧逼。"你要是不拿出钥匙，恺撒就没救了，而你也得化为灰烬。"

她再望望那石门说："我没有钥匙。"

长老斩钉截铁地说:"你有。我们不能再等了。"说着,就强制地动手搜身,一下就搜出刚才那女人在通道里塞给她的小布包。他急不可待地打开布包,她看见,布包里是一个形状、大小,都与另一个门环相同的手镯。

看到那只手镯,长老更加愤怒了,说:"这不是钥匙吗?!"

那只手镯怎么会是钥匙?! 可不知怎么,就证据确凿得让她觉得自己撒了大谎。

长老拿着"钥匙",哆哆嗦嗦、念念有词地把那个门环和手镯旋转过来、又旋转过去,似乎在寻找一个契合点,却又很难将两个契合点碰撞在一起,最后,他急得歇斯底里地仰天大叫:"龙,龙,龙……"

当他喊出"龙,龙,龙"的时候,集聚在广场上的人群也齐声发出一声呐喊,就好像有人吹着号角,使他们同时发出呐喊一样。然后就是沉寂,那沉寂使人感到,世界一下就沉没到被创造前的黑暗和玄远中去了。

在这不说自明的呐喊,和呐喊过后的沉寂中,长老的手像被突然砍断那样垂落下来,脸色可怖地说:"完了。"

但他马上转过头来,咬牙切齿地对她说:"如果不是你这个女人……"话还没说完,便丢下她向广场上跑去。

她没有跟着跑到广场上去看个究竟,看不看都一样,恺撒被杀了。

可谁能说,恺撒的死就是一个结束?

关于恺撒的死,后世一直这样说、也这样地说了下来:当恺撒认出谋杀者中,有他和塞维利雅所生的亲骨肉,他最为器重、最引以自豪的布鲁图斯后,便不再反抗,而是用长袍挡住自己的脸,倒下、死去。

既然世人从来不能说清楚,哪怕是发生在眼前的事,考证也就顺理成章,而谁又能说清楚考证和臆想,有什么原则上的区别?

历史本应该是不加任何颜色的文字，可是谁又能说得准，某个历史学家，是不是偏爱或厌恶某种颜色……

而，恺撒用长袍挡住自己的脸，倒下去的那一刹那，到底想了些什么？

她总以为，那一刹那，恺撒想了很多。

可能他觉得死得其所，或罪有应得，或无奈、无颜，或不甘、遗憾……

或猜想布鲁图斯对他的仇恨中，有没有为他的母亲塞维利雅复仇的成分？

或感到布鲁图斯也将不久于人世，而不再记恨这个手刃自己的儿子。

或心中暗喜，布鲁图斯和谋杀他的同伙们，即将面临的结局……

也许他还想到：为什么妻子今天要阻拦他到长老院来开会，她的阻拦是真担心他的安危，不再介意他对克利奥帕特拉的所谓爱情？但她更知道，如果劝说他、而不是阻拦他，他反倒不一定来长老院开会了……

那么他也许会死在另一个地点、时间、条件下，也许死不了。死去的可能是布鲁图斯和卡西乌斯，那么罗马的历史就会重写。

历史是脆弱而虚妄的，偶然又偶然，宿命又宿命……所谓伟大的历史，其实是支撑在一个十分脆弱的点上。

可他已经没有机会对人说出这些。他的血流尽了，他那睿智的目光涣散了……

接着她想起那身裹宽袍的长老没有说完的话，"如果不是你这个女人……"

她这个女人怎么了，答案可能就在这石门里。

她并没有像长老那样，喊什么"龙，龙，龙"，试着扭了扭两个所谓的门环，石门轻而易举地就开启了。

门还没有完全开启，立刻有一策骑如箭一般地"射出"，她还没来得及看清那人、那马，策骑就比他的马蹄声更快地消失在远处。

那策骑是什么人？为什么藏在这石门里？

那长老开启石门为的就是他，或为的不是他？

他和整个事件有什么关系？或他本人就是另一条枝蔓……

她没有时间细细揣摩，身披宽袍的长老，随时都会转来寻找这门环，便转身去扯石门上的两个门环。

可是原有那个门环怎么扯也扯不下来，牢牢地锈在了石门上。而鼎沸的人声果然越来越近，杂乱的脚步踏在地面上如擂鼓一般……便赶快从石门上扯下自己的手镯……回头一看已然后退无路，身披宽袍的长老，领着一班人马正朝这里奔来，那些人远远地便喊道："看哪！门开了，门开了！是谁打开了门？"

她来不及包裹那手镯，只好抓着它，闪身进了石门。鉴于长老在她身上轻易就搜出手镯的经验，便暗暗将手镯套上了手腕，那反倒是一眼就能看到、最显眼不过的地方。寄希望于人们常常忽略、最显而易见的事实的事实，做了孤注一掷的冒险。

从石门里的气势看出，它显然是一座宫殿，可它是一座早已废弃的宫殿，除了满墙无法迁走的壁画，四处空荡，没有一锥藏身之地。听着越来越近的人声，想着自己必死无疑，反倒镇静下来。

正在此时，壁画上一个骑黑马的勇士，一把将她拉上马背，并用他的战袍遮住了她。

刚刚遮上那勇士的战袍，人们就涌了进来。他们慌张绝望地嚷嚷着："是谁打开了门？"

还有人痛心疾首地喊："我们上当了，上当了！门开了……可恺撒还是被布鲁图斯和卡西乌斯杀害了！"

他们难免仔细察看石门，一个人一惊一乍地喊道："不好了，开门的钥匙哪里去了？"

他们怎能不一惊一乍，在这短短的时间里，所遇到的事情是那样错综复杂,像只受着鞭子不停抽打的陀螺,而每一鞭子都是一个灾难。在这些灾难的不停抽打中,他们丧失了起码的理智、判断和思考的能力。

他们低低地弯着身子,鼻子几乎杵在地面上,目光一寸寸地掠过地面,寻找那把已然没有意义的钥匙,却偏偏没有人往壁画上扫过一眼。

当众人徒劳地在地上寻找时,那身裹宽袍的长老却满怀心思地站在众人背后,暗暗思量那个拿钥匙的女人哪里去了?这里是上天无路,入地无门啊!只有找到她,才能找到钥匙……他深深地藏匿着他的焦虑,也以为真能瞒天过海,一无疏漏,却没有想到,另有一个长老模样的人,在冷眼观察着他。

任众人寻找一会儿之后,身裹宽袍的长老威严地止住大家,"人们,停下这无用的搜寻吧。还有更急迫的事情需要考虑……怎样才能使布鲁图斯和卡西乌斯相信我们不是恺撒的心腹,而将我们赶尽杀绝?上帝知道,我们的确不是。而屋大维在不久的将来,就会把恺撒的政敌杀尽,我们又怎样才能使机警过人的屋大维相信,我们不曾有过一个失败的篡权阴谋?上帝知道,我们的确没有……可你们了解,这三个人的善良和残忍,高贵和卑劣,无私和贪婪……"

有人说:"是啊,事到如今,也只有逃跑这条路了。"

"往哪里逃呢?没有一处文明世界不是罗马的征服地。"

身裹宽袍的长老说:"逃往遥远的东方,那里还不曾被罗马征服,有一个帝国叫做……"

当她听到"东方"这个字的时候,似乎听到一种从久远的过去而来,又到久远而去的涛声。腕上的手镯,也有了一种难以觉察、似乎荡漾在波涛里的动感。

人们又问:"可是罗马呢,我们的计划呢?"

"也许要留给我们的后代了,那将是一个不会完结的故事。"

一直在冷冷观察的长老,这时才开了口:"诸位,你们想过没有,我们所有的失误就是因为不思考,盲从、盲动。什么心腹?我们谁的心腹也不是。什么阴谋？我们从来没有过什么阴谋。什么计划要留给后代？我们从来没有过计划。我们为什么要逃？有什么理由要逃？怎么逃？我们是无路可逃的，我们会死在去东方的路上，那可就遂了一个人的心愿，也就没有人可以指认他做过什么，那岂不是成就了他……就是他，多次想要杀死恺撒，就在昨天晚上，还陪坐在恺撒的晚餐桌上，想在恺撒的酒杯里下毒……但他没有，他要借用别人的手，甚至巫术……"

有人反驳说："这不是巫术，这是亚瑞神的启示，神说，'罗马现在需要另一个领袖。'神只是说需要另一个领袖，并没有说要杀死恺撒。我问神，那另一个领袖将会是谁，亚瑞神没有回答，只说开启这门……并说有一个女人将带来这门上的钥匙。"

这时人们又想起拿钥匙的女人，纷纷说道："对，那女人一定来过了，那女人一定来过了。"

可是把她拉到这个门前，并从她身上搜出手镯的那位长老，却紧紧地闭着他的嘴。

另一位长老继续说道："住口，不要再说什么女人和钥匙了吧，现在我们的英雄、我们的神、我们的恺撒死了！你们说，是谁杀死了恺撒？不，不是布鲁图斯和卡西乌斯，而是他！这个人日日夜夜、鞍前马后地跟在恺撒左右，并坚持要将恺撒一生的荣誉，用金字刻写在卡皮托利乌姆山上朱庇特神像的银座上……因此他赢得了恺撒的信任，成为恺撒的心腹。恺撒那些不得人心的作为，正是他劝谏的结果，也可以说正是他，蓄意制造了一个让人不得不杀掉的恺撒……"

这样的说法，前所未闻。她尽力回忆课本上读过的世界史，怎么也想不起是哪个元老院的长老，力主将恺撒的战功，用金字刻写到卡皮托利乌姆山上朱庇特神像的银座上……

接着，这位长老向周围的人扬臂一挥，说："人们，要是我们不除掉这个心怀叵测、阴险毒辣的卑劣小人，我们就等于默许、承认了这卑劣的合理、正当。我们可以因为正当的理由杀人，却不能允许以这种卑劣的手段杀人。人们，难道我们不应该处死他吗？"说着，他的手往紧裹宽袍的长老一指。

紧裹宽袍的长老，不由得往后一缩。

这一缩，人们通常会理解为不打自招地泄露了难为人知的隐秘，很少有人会理解这一缩，是在突然袭击下，本能而又无济于事的自我保护、抗议、辩解、反驳，是出乎意料，是祸从天降……

就像古往今来这一类事情通常的结果：正是那些日夜盼望把恺撒千刀万剐的人，一旦恺撒真的死去，又再没有比他们更热衷于为恺撒复仇了。

但是人们并不因为这长老的开导，马上学以致用地想一想，他们是否又在盲从、盲动？便确信无疑，那身披宽袍的长老，果然是心怀叵测、阴险毒辣的小人。纷纷抽出身上的佩剑，几下就把那长老刺死，然后便呼啸着扬长而去。

罗马在经历了常年不息的战争、流血、死亡之后，一个人的血是太不足道了。

身裹宽袍的长老并没有立刻死去，当人们离去后，又慢慢睁开眼睛，并一寸一寸、艰难地向门外爬去。他的身后，便留下一道被浓浓的血浸湿的路，似乎要与这泥土长存并永志标记。

她没想到，一个人的身体里会有这么多的血。这血早晚有一天会如他所愿，在一个适当的时候，向后世显现并诉说。

他就这样艰难地爬到门外，不甘地抬头望着那只孤零零的门环，用微弱而沙哑的声音喊道："钥匙，钥匙……"

他的嘴角，螃蟹一样地冒着泡，但那是血泡。而后，他的头颅无力地垂向臂弯，不动了。

她想，现在他是真的死了，可惜"钥匙"的事还没有了结。

没想到过了一会儿，他又挣扎地抬起头，声嘶力竭地喊道："孩子，孩子……"

想必他是有孩子的了，但他的孩子是谁，又在何方？

也或许他根本没有孩子，只不过在临死前，想要把这头等重要、除他谁也不知道的事，交代给一个人。现在，他已经不在意必得把它交代给一个必定要交代的人了，可眼前却没有一个人可以交代……

他的嘴巴啃着地。堵在嘴上的泥土，使他最后的喘息更加困难，可他还是用尽最后的力气，带着满嘴的血和泥说道："那钥匙就在一个女人的手里，她的颈部有三道血色的胎记……"没等说完这句话，他咽了气。

听到这里，她终于松了一口气，因为她清清楚楚地知道，她的颈子上，根本没有三道血色的胎记。

…………

后来的历史，从没有人写到这一笔，除了她和这壁画上的勇士，再没有人知道刚才发生过的一切。

之后，那勇士对她说："我们不可在此久留，必须马上离开。"

于是她便说起在通道里遇到的女人和死去的长老，问那勇士："你知道这是怎么回事吗？"

勇士说："有些事，不知道可能比知道更好。"然后又用战袍将她蒙住，并调转马头，出了石门。

她听见嘚嘚的马蹄，穿过元老院后墙的广场，沿着卡皮托利乌姆山大道，疾驰而去。

在一处山谷，那勇士勒住了马，掀开了蒙在她身上的战袍。

遭遇过多事、阴沉、腐化、浮华、浮躁、惊险、诡计多端的罗马之后，眼下的景色转换，实在显得突兀。

四面山峦起伏，向远方延绵出令人心疼的曲线；

花草蔓生，自成天趣，如无拘无束头上插满野花的乡村姑娘；

远近都是过于旺盛的橄榄树，成熟的橄榄果子，愁闷地垂吊在无人采摘的枝头；

黑褐色的原始土地，袒露着被开垦的渴望。它们的上空，蒸腾着如同一个实实在在，而又不懂得如何挑逗的，成熟的女人气息，并展示着生息繁衍的神圣……

她听见橄榄果子不时坠落的声音；

她又听见蜜蜂鼓动翅膀的嗡鸣，满足且吊儿郎当。当然了，因为不必辛劳就能收获颇丰；

她听见从来不曾遭遇射击惊吓的鸟儿，无忧无虑的欢唱；

她听见从山峦、土地的深处，涌动出来的地声……

这一切声音，汇集成谁也无法复制的，意大利半岛特有的浓郁。

除此，她还听到这样一个问句："那门环呢？"

万万没有想到柳暗花明又一村之后，这里还有一道埋伏，真是奇峰突起。而这一切和她又有什么关系？要是有人拿走这惹是生非的东西，岂不更好？便无谓地说："你拿去吧。"

她没有白白寄希望于人们常常忽略的、最显而易见的事实的事实。

那勇士根本看不见眼皮底下、也就是她手腕上的那只手镯，而是去搜索她的全身，最终一无所获，连连叹息道："奇怪，难道它失落在路上了？"

她不无调侃地问道："勇士，请问你要这'门环'何用？"

那勇士道："你怎知道我不过一名勇士，你又怎知道我不是那'孩子'呢？"

她哑然。不错，事实上谁也不知道谁是谁。

可是……虽然他能说话，能动作，能思维，却有木偶人的僵硬。

突然，他不动声色地抽出他的长剑，不动声色得像是在整理他那被风吹涨的战袍。

她一惊，说："你要做什么？你不是救我的那个人吗？"

他回答说："你又怎么知道我是要救你呢？现在你当然知道，要是不交出那'门环'，我会怎样做了。"

她全身的血，一下涌到了头上，遭遇这些事情以来，她从未认真过，始终认为这一切不过是梦，不过是梦。

可是即便在梦中,这样向她要求,也如同往她脸上扔了白手套。于是,她祖上的血,发挥作用了,虽然她始终被族里人,看做是他们那个家族的不肖子孙。便说道:"罗马就是这样教育你的吗?在一个女人手无寸铁,毫无可能与你一决雌雄的情况下,抽出你的剑?而我为什么要在你的剑下,做一件你要我做的事?现在,我就是知道那门环的去处,也不会告诉你了。"而且她的语气里,有了一种她自己也不熟悉的高傲和庄严。

勇士如同没有听见她这番话,还是举起了他的剑,正当他举剑刺向她的时候,不知何处射来一箭,正中勇士的太阳穴。他即刻从马背翻倒地下,更让她奇怪的是,竟有鲜血从这似木偶人的伤口流出。

紧跟着,从远处驰来一匹白色坐骑,坐骑上的男人将她一掠,就拉上了他的马背。他什么也不问,什么也不说,只是将她仔细察看,好像在验明正身。

她也暗暗将他打量,她看到,齐着他的眉骨,有一道长长的疤痕横过。

在确信无疑果然是她之后,他将战袍重新为她裹紧,又将她扔回她来时骑乘的黑马背上,然后牵着她的黑马,慢慢向前驰去……

她在马背上挣扎着,她的脚就露出了战袍,然后是她那只戴了手镯的手,然后露出了她的眼睛。

她看到,自己又回到梦初的汉墓,而后又来到那汉墓的通道,最后走进壁上的画里。

原来那被绑在马背上的女人,不是别人,正是自己。

到这儿,梦就醒了。

第二天早上醒来后,闲闲地在床上躺了很久,记起什么似的拿过床头柜上的手镯,左看右看,没看出什么所以。

起身把窗帘拉开……昨夜那个老岩石般的男人,还在阳台上站着。

这就是了。

这就是什么？她回想起昨夜的梦，事情果然蹊跷。

揉了揉惺忪的睡眼，再向那老岩石般的男人看去。这一看，却发现是一截石磴，根本不是什么老岩石般的男人。可是她清楚地记得，昨天她走进这个房间并向外眺望的时候，绝对没有这截石磴，它可真像一夜之间生出来的。

探头看了看对面和左右的窗。左面房间的阳台上，有个男人在不屈不挠地刷他屈指可数的头发，而对面房间里的女人，眯着眼睛坐在宽大的窗台上喝咖啡。她的睡衣很短，从蜷曲的腿下，可以看见她的底裤……

看起来，没有一个房客对这二者之间的转化显出惊讶……她对自己的记忆失去了信心。

近处一棵矮树上，一只松鼠抱着一枚坚果啃得山响，她惊讶于它那对小牙的尖利，便敲了敲窗，它停下嚼噬，向她眯了眯眼睛，将她掂量又掂量。

她又敲敲窗，它示威地抖了抖尾巴，她再敲窗，它又抖抖尾巴，如此再三，不一会儿就弃她而去。

返身回到房间，拿起手镯，对着阳光再将它仔细打量。不要说表面，就是里面也什么都没有。

她哂笑了一下，竟然相信那些乱七八糟的梦！

但那阳台上的人——不说人，石磴呢？莫非她中了邪，样样都错？！

她疑疑惑惑地去餐厅吃早餐，忍不住和服务台的那个侍者搭讪："这真是家老旅馆了……"

"是的，小姐。"

"一定有很多故事，在这里发生过吧？"

他注意看了看她，所答非所问地说："有很多著名人物光临过敝店，您看墙上那些照片，都是他们光临此地的留念。"

她没有去看那些照片。法国的饭店亦然，有家饭店的墙上，甚至挂满一些歌星的嘴模，一看那些放大了的嘴模，就觉得不是自己在吃，而是那些嘴模在吃，结果是吃了很多，也感到没有吃饱。而一家享有盛名的饭店的饭桌上，刻有许多名人的姓名，意思是那些名人在那张饭桌上吃过、喝过，那桌子、当然更是那家饭店，跟着也就显贵了。

而她个人，却有相反的经验，越是绅士淑女云集的场合，她越想当着众人，放一个很响的屁。

于是父亲赶忙向家族里那些把繁文缛节看得和命一样重要的亲戚解释说，她没有问题，她只是喜欢反其道而行之，或喜欢恶作剧。然后就把她打发到旅途上来，所谓的眼不见为净吧。

她觉得下榻的这家旅馆，和大多数旅馆一样千篇一律。不如到咖啡店去喝咖啡，一坐就是半天。

卡普里是一种气氛，一种陶醉，一种忘怀，一种热情……她喜爱的就是这些，而不是什么名人光临过的地方。可是大部分人都是用走一走、看一看，来消磨在卡普里的停留。

咖啡店所在的广场很小，两家咖啡店更是把广场夹得只剩下一条小道，舞台似的，川流不息地过场一个又一个人物。

她闲适地坐在咖啡座上，既是演员又是观众。一个浓妆艳抹的女人已经在这条"小道"上，来来回回地走了三趟，对一些人来说，这一小块地方真是无比重要。

在过去的一夜之后，她觉得自己明白了许多从前不明白的事。

太阳升得很高了，她还是没有离开的意思。可她还得乘船到庞贝去呢。

她不能相信，这就是死了一千九百多年的庞贝。

也不能相信她是第一次到这里来，很特别的感觉是走在庞贝的街上，感到是很具体地踩在自己过去的脚印上。

曾经的车辙依然清晰可见，深深地嵌在铺路的巨石中，回忆起当年车如流水马如龙的景象，如她后来到过的纽约、东京，以及北京的王府井。

斜射的太阳,把法院、剧场、议事厅、论坛广场、竞技场……哪怕是一处庭院,回廊、拱门,一条小商业街,甚至一处面包作坊上的圆柱、方柱、屋檐……投射在四处,它们在太阳的影子下,如同活着似的慢慢移动、变换着,而人却一茬茬地死去了。

时近黄昏,她在竞技场里选了一个座位坐下,无奈地从口袋里掏出一个汉堡包和一瓶可乐,可是吃了几口,就无法下咽,便决定去看看从岩浆底下挖出的死者。

两千年前的欢笑、悲哀、忧伤、烦恼、纷争……

笑着、哭着、唱着、说着、吵着、闹着……万种风情,骤然中止那一刻的惊心动魄,和,死亡猝不及防的滋味,她都一一品味了。唯独没有寻到对死亡的恐惧。

情状不同的死者,大部分四肢舒展,肌肉松弛,面目也不狰狞,丝毫看不出死亡前的挣扎。一位躺在澡堂子里的老者,甚至双目微启,面呈微笑,似乎那时就参透了人们至今尚未参透的玄机,她似乎听见老者在说:"什么,天火来了?让它来吧……水好热啊,真舒服哦。"

只有一具断首,不肯瞑目,睁睁地望着天。问题是,齐着他的眉骨,有一裂纹,横穿额头。她不由得往前一倾,几乎冲过展品周围的栏杆。

心中似乎明白这一具断首,不肯瞑目的原因,不由悲从中来地想,他怎么就成了一具展品!

偷眼观察周围的观众,希望没有人注意到她的失态,或猜想出她和这一具断首,千丝万缕的关系。

是否因为胆怯?她又极力说服自己,那道裂痕,也可能是出土时,挖掘人不小心留下的刀斧之痕……

可她顿感空落,这额上有道横疤的人,难道是死在焰火中,而不是死在一个特别的情况下?她本应知道有关他死亡的详情,可却无法得知。而他的死,无论如何应该与她有关。

现在,他们之间那千丝万缕的纠葛,就此了结了吗?

她心绪烦乱，无心再做流连，马上返回卡普里。

在返回卡普里的渡船上，浓雾再次涌起。远处的卡普里，立刻变得像海市蜃楼那样不真实。

她已经知道，每过这个海峡，云雾就会涌起，这总让她感到，她不是乘船而是腾云驾雾过到对岸。

就在此时，她感到有人畏畏缩缩地叫着她的名字。回眸寻去，并不见人。等她转过头来，又听见那偷偷摸摸的声音。

耐心寻觅，还是没有看到一个像是呼唤她的人。这时她的脚面，被一个湿漉漉的东西杵了一下。低头一看，是一只黄狗，正巴巴地仰望着她。见她无动于衷的样子，就又用它的鼻子，杵了一下她的脚面，然后又巴巴地望着她。

它需要什么？她搜索自己的口袋，终于找到一块糖。剥了糖纸，把糖放进手心喂它，可是它看也不看那块糖，还是巴巴地望着她。

"你想要什么呢，亲爱的。"她蹲下身子，用手抚摸着它的头顶。

远处的雾霭里，有个并不残忍却很阴森的声音响了起来："乌乌！"声音不大，可是不容反抗。黄狗恋恋地、一步一回头，惶恐而又不甘地走了。

"乌乌"，那显然是黄狗的名字。

"乌乌"？！

难道她不该循它而去？

怪不得她把卡普里之行放在行程的最后一站，怪不得她觉得到了卡普里就像到了终点。

于是便向那黄狗奔去的方向寻去，只见一位穿米色风衣的男人，紧紧地牵着那狗，并戒备地打量着她。

是他在叫她的名字吗？当然不是。他怎么可能知道她的名字？如果不是他，那么又是谁？

他那张脸很老也很年轻，那是一张到处可见、容易被人忘记又特别让人难忘的脸。

渡船终于到了岸。

周围一切，还在浓雾的笼罩之中，什么也看不十分清楚，只看见那黄狗在前面起起伏伏、时隐时现地走着，并一再回头将她凝望，生怕她走失似的……它的眼底深处夹杂着的，难以化解的忧伤、忠诚、爱恋，着实感动了她。

现在谁还能在人群里找到这样的眼神？不要说现在、过去，过去的过去又如何？不要说人群，就是朋友又如何，就是至亲至爱又如何？甚而至于就是你自己又如何……

她随着这条狗，走在被磨损得如千疮百孔的岁月一样曲折、封闭的巷子里，坡道上。翻过嶙峋的岩石，穿过岩石顶上一处古堡的废墟……都是在卡普里中心看不到的景象。

每一扇墙，每个残留一角的拱门，每个塌陷的屋顶……都被剥去了早年堂皇富丽的外衣，不得不羞涩地裸露出干瘪的内脏，急于向难以见到的人，争相倾诉着它们的沧桑。每每与它们擦身而过，都能感到它们伸向她的、抓抓挠挠，想要留住她的手。

当她走进一所破败的老院子时，浓雾也突然散尽。穿米色风衣的男人已不知去向，只剩下那黄狗。

院子里种植着柠檬、橄榄、仙人掌，或棕榈，就是没有鲜花。

到处都是门，让她无从选择。而且她该不该在这陌生、不知虚实的地方盘桓？但那黄狗在等她，那名叫"乌乌"的狗。她只好随着那狗，游荡着进了众多门中的一个。

门里的回廊很长很长，回廊在有光和无光的瞬间，一阴一亮地明灭着。每一处拱门上方都塌裂了，各种植物从开裂的缝隙里伸展出来，纠葛着她的头发或衣衫。最让她一惊的是，两棵缠绕在一起，像情人那样难舍难分的老树，突兀地从一个塌裂的大窗里伸出来，挡住了她的去路。她弯下腰，从老树底下钻过，有一种奇异的气味从那两棵树上析出。

终于来到一个墙壁泛黑，看上去像是古董店的房间。一排排带玻璃门的老橱柜靠墙而立，有光线很暗的射灯从橱柜顶射出，里面摆着很多也是暗色的物件。

穿米色风衣的男人，就站在通向另一个房间的门楣下，随时准备离开的样子，果然让她中了奸计那样了然地冷笑着。

她想，那只不过是你的一厢情愿罢了。她相信"乌乌"绝对不是领着她来中奸计的，"乌乌"一定有托重任于她。

她没有理睬那穿米色风衣的男人，径直走向那些老橱柜，浏览着橱柜里的物件。

每一个物件，果然都是稀世珍宝，也都无价可询。何况她也不是真要在这个黑店里买点什么，而是在等待下一个节目。酝酿已久、注定由她来进行的那项节目，看样子就要开始了。

在她心不在焉地观看一个陶碗的时候，她听见"乌乌"一声悠长，如抛物线那样、掷向远处的惨叫。急忙回过头去，穿米色风衣的男人和"乌乌"都不见了。

"乌乌？乌乌……"她的声音从来没有过如此的凄惨，当然，她的一生也不算长，谁知道以后如何？反正在此之前，她从未对什么人如此这般地惊心过，便不容考虑地往那可能是另一个房间的门口，急步而去。

可还没等她走到门口，就从里面走出一个女人。面色深棕，面容姣好，身材修长，长发绾在头顶，穿一件浅褐色长袍，和她手里拿的那个赭红色，上有黑色蛇纹，不知什么年月造的陶罐很搭调。

慌乱中，她没有忽略对那蛇纹的注意。陶罐上的蛇们，紧紧地缠绕在陶罐的颈部，好像陶罐里有什么十分宝贵的，或是需要禁锢的东西。

那是个典型的地中海美人，当她站在门楣那里，还没有说话之前，真像罗马哪个博物馆里的一尊展品。

就在这时，那女人抬起手来，将垂在耳边的几缕头发往后一撩，长袍上的开领也随之敞大，从更加敞开的衣领处，她看到那女人的颈子上，有三条血色的胎记，如三串质地很好的珊瑚项链。

只听见那女人说："对不起，你不能进去……其实你进去了也没有用,谁也不能代替谁。"

接着那女人又说,"我知道你早晚有一天会来,我正在等你,等了很久很久了。"

"等我?"这时,遥远而熟悉的声音响了起来,水声、钟声,还有隆隆的巨响。那女人的声音听上去,就像梦中在那漆黑的通道里听到的,那个说不上是女人或不是女人的声音。

"对,你在找一件东西。"

"不,我没有,我从来没找过什么东西。"

"你当然在找一样东西,你终日在世界上,没有目的地跑来跑去,就是为了找一样东西。"那女人大有深意地盯着她的眼睛,而后走到桌前,放下手里的陶罐,这时,她看见女人的手腕上,赫赫然地套着一只玉镯。

她不再感到惊诧,一切都是必要发生的。

那只手镯的质地、成色、大小、颜色、风格,与她手上的成双成对。正像母亲说的那样,有点来头的手镯,都应该是成双成对的。

这时她本应取下自己腕上的手镯,与对方那只手镯对号入座,但现在她已知道,在这一只手镯寻找另一只手镯的过程中,牵涉到了几生、几世、几代的男人或女人,其中又有多少人为此丧失了身家性命。

难道她不该破一破这几生几世的谜吗?这真是一个太大的诱惑,可是她不能。

无数的冤魂,似乎立刻出现在她的眼前,就像她在庞贝看到的那样;

那身裹宽袍的长老的每一句话,此时也都清晰地在耳边响起;

巴黎之夜强加给她的那个谶语,也许还没有应验……

此时此刻如果她不经意地做些什么,不知多少人,又要开始几生几世的残酷轮回。

"不,我没有找什么东西。"她拒不承认,不论是她该承认、还是不该承认的一切,然后头也不回,返身向店铺外面走去。她听见,那女人一刻也未迟缓地,追随她走了出来。

来时的路,似乎很难辨认,在卡普里这样一个小岛上,本该不成问题。她越是着急,就越不相信,她走的路是来时的路。

背后那女人的脚步,却不慌不忙,笃定地追随着她,更让她觉得逃不出那女人的手心,她马上也会面临"乌乌"的下场,可"乌乌"究竟怎样了?

"乌乌"和前前后后的事件、众多的人物,又有什么关系?特别是和自己有什么关系?到现在她似乎明白了很多,可就是想不出有关"乌乌"的前生后世。

她用一只手紧把着另一只手腕上的玉镯,穿过那些刚才还是败落凄迷,现在却显得阴险无比的断墙残壁。狰狞、阴森、破败的古堡,狭窄高耸得几乎将她窒息在里面的小巷子……

现在唯一能带她走出迷宫的,就是带她来这里的"乌乌"了,虽然"乌乌"已经不知去向,但它的灵魂肯定和她在一起。

这样想着"乌乌"的时候,她果然走下荒凉的山道,看见了海。一看见海,她那慌乱的心就安定下来,她不是"水"命吗,便只管沿着海边疾走。

可那女人并没有停下追赶。

她累了。沙地上的行走,辛苦而又难以走出速度,偏偏她又摔了一跤,完了!她想。

她真切地听见那女人的喘息;感觉到那女人向她伸来的手……可是,一股大风突然平地而起,这风刚刚旋起,就把她裹在了中心,簇拥着她飞快地向前走去,周围的景色也如风驰电掣般地过去。

待到卡普里遥遥在望的时候,那充盈于天地间的大风,才渐渐消弱,并渐渐收拢了风力的范围,最后竟如一缕轻烟般的细小,然后轻轻缠上她的手腕,在她手腕上旋转一圈之后,眼见一条小龙,从她手腕上飞起,直奔长空。

紧接着,风又刮了起来,比之刚才簇拥着她的时候,是无法比拟的狂暴。刹那间天昏地暗,海上怒涛汹涌,地上飞沙走石,再想看看那条小龙,却怎么也睁不开眼睛。等这不到几秒钟的狂风过去,再睁眼一望,只见一条巨而长的龙,隐没在了云天的深处。

此时此刻,一定有数不清的历朝历代、天上地下的死灵,和她一起望着这条隐没在云天里的,他们都想得到而又没有得到的龙。

她暗暗地想,到目前为止,这是自己做出的唯一的一次正确的决定。

低头一看,腕上的玉镯,已化作碎段,散落在卡普里的土地上。正应了中国的一句老话:"宁为玉碎,不为瓦全。"
…………

1996 年 10 月 15 日

.com

　　虽然医生没对 W 先生说什么，但是 W 先生知道自己快要死了。

　　他没有病，他只是应该离开这个世界了，老话把这叫做寿终正寝。

　　他把所有的收藏，包括绘画、雕塑、十八或是十九世纪几位作家的手稿、几位作曲家的遗物，比如说眼镜、头发、乐谱、指挥棒等等，捐献给了国家博物馆，只留下几张素描，挂在老房子里。

　　还剩下一件事，那就是对他那偌大的财产一直想不出更为妥善的处理办法。

　　W 先生不是没有过异性朋友，相处过一段时间，然后各自分手了。还有过一个短暂的婚姻，却没有子女。也犯不着留给子侄之类。

　　有时也会想想自己的一生。

　　一辈子风调雨顺的 W 先生，躺在床上想来想去，唯有一件事情是他终生的遗憾，那就是他始终没有能够成为一个艺术家。

　　有时他觉得奇怪，他就像男人爱女人那样热爱艺术，艺术却似乎并不爱他。

　　年轻的时候学过钢琴、绘画，也试着要当一个作家。

　　明明家里有钱，却像穷艺术家那样，在脏乱差的居住区，租一间廉价的房子。窗子上不挂窗帘，吊着一台如老印刷机般大小的空调，机体上纠缠着年深日久的积尘。

　　吃很差的饭食，有时甚至到为穷人提供免费食物的机构，领一份午餐或晚餐。在感恩节或圣诞节那样的煽情时刻,更要到那些为穷人提供免费节日大餐的地方,吃一顿节日大餐。那些机构,有不少归属于他们那个家族慈善事业的名下,让有教养的父母既不能说些什么,又不能不无奈地想些什么。

买一辆三手甚至四手的破车开着,那种车常常在并不寒冷的冬季死车,W 先生就拿个摇杆起劲地摇着,披在肩上的长发,也跟着一起很酷地甩动着。

穿旧衣店或跳蚤市场上一块钱三公斤的衣服,凡是关键部位绝对开绽,接缝处呲着一段段线头……

W 先生真的不在乎穷日子,他就是要做一个艺术家。就像那个时代才有的,那些心目中只有艺术、矫情得让人腻烦的艺术青年。

不过,当然,一个有着亿万根基的人,穿一块钱三公斤的旧衣服,和真正一个大子儿没有、不得不穿一块钱三公斤的旧衣服,到底不可同日而语。

每天泡在博物馆里,就像眼下描述咖啡爱好者的那句名言:"如果我没在咖啡馆就在去咖啡馆的路上"。W 先生呢,可以说是"不是在博物馆就是在去博物馆的路上"。

听说哪里有什么展览或表演,不管真假,三流,还是一流,一定不会错过借鉴的机会。或巴巴儿地等在什么地方,为的是与某个功成名就的艺术家,交流一下心得(与滥情的追星行为绝不相干);总在期待着给某个未来的新星,不管是人家稀罕还是不稀罕的帮助……总之,W 先生对艺术的热情和对艺术的努力,可能比那些真正的艺术家还高涨许多。

都说心诚常会使奇迹发生。到了后来,就有人开始说:"噢,W 先生,我真的不好意思说出这个——您看上去非常像那个著名的作家海明威。"

W 先生客气地笑笑。

在天下这个大舞台上,什么人物都不缺,但有自知之明的角色不多。W 先生恰恰是那为数不多、具有自知之明角色中的一个。W先生知道，这种想象力过于丰富的比喻，不是出于朋友的安慰就是他那亿万家财在作祟。

然而W先生是宽厚的，设身处地想一想，世界上有那么多人什么也不曾得到，如果不让他们靠这个简单易行的办法得到一些什么，是不是很不公正？所以对他像不像海明威这个问题，既不分辩也不介意，照旧过着他的准艺术家生涯。

而且随着W先生家族财力的不断扩充，在国民经济中越来越举足轻重的地位，这比喻像传染病一样，越来越经常地灌进W先生的耳朵。W先生毕竟也是七情六欲一样不缺的凡人，天长日久这样地比喻下来，渐渐地就有些动摇。

最初的迹象是在镜子面前停留的时间越来越长，不过他的眼睛那时还比较客观，没有忘乎所以到白雪公主她继母的那个地步，还能对着镜子，做出比较正确的判断。无论怎样，也难以相信镜子里的那张脸，与海明威那张四方短脸有什么相似之处。

后来他情不自禁地试着在光溜溜的下巴上，蓄起了一圈像海明威那样的半寸胡，并剪掉了他的披肩发。这样一来，他觉得真有点像海明威了。镜子虽然还是那面天天照个不停的镜子，但是他的视觉开始有了误差，以后再有人说起他像海明威的时候，他也就默默地接受了……

不论他人或W先生本人，觉得他与海明威有了何等的不解之缘，W先生就是成不了艺术家。怎么都不行，W先生不知道问题出在了什么地方。

最后他只好按照父亲的愿望继承家业，不得不放弃对艺术的追求，剃掉了海明威式的板寸胡。

以他在商业上的才分来说，可以说是根本不入流。不像他对艺术，尽管不行，还能说出个子丑寅卯，从他收藏的那些绘画、雕塑来看，就可以看出他的品位不俗。

他也从未像对待艺术那样上心地对待过他的家业，潮起又潮落，新兴行业一个又一个地风行过世界，但不管他多么漫不经心，不论投资什么行业，都能发财。

那些钱就这样一点刺激也没有,风平浪静、一点力气也不必花费地落入他的口袋。换句话说,那些钱就像等着往他的口袋里掉,连弯腰去捡,都不用。到了最后,他简直厌烦了发财。

　　所以最后的 W 先生并不十分悲伤,他躺在床上想,无论如何,他终于不必去发财,并且要离开那些钱财了。

　　有那么一天,W 先生豁然开朗,何不用他的钱财建立一个基金会,为那些穷嗖嗖的艺术家,提供一个可以安心创作的环境?

　　他立刻招来私人律师、秘书、还有管家等等,告知他创立艺术基金会的想法、宗旨、对象等等,最后安排了遗嘱。

　　W 先生像一切有钱财的人那样, 有一套非常有效率的工作班子,他们首先组建了基金会的行政班子,为基金会招聘了各种等级的工作人员,在最短的时间内,将 W 先生一处常常令路人不得不驻足欣赏的巨大房产,修缮整理成适合若干艺术家生活、创作的空间。而且每个单元风格不同,以适应来自非洲、东亚、欧洲……各个国家艺术家的生活习俗。

　　单元里设有洗澡间、客厅、卧室、工作间……客厅里甚至备有一张折叠沙发,若有朋友来访,还可留宿。如果那些来自不同国度的艺术家想吃一点家乡菜,还备有各自的小厨房。

　　W 先生坐在轮椅上,由管家推着,一一查看了改建后的单元以及里面应有尽有的设备,还指示手下人,把一尊大理石雕塑,安放在花园的玫瑰花丛下……他满意地想,将会有很多艺术家,在这里成就他们的事业……

　　然后他查看了基金会工作人员送来的第一批申请者名单,都是成绩斐然、各个门类的佼佼者。其中还有一位,得过英国的一个什么艺术奖,奖金虽然不多,但是荣誉很高……这有点不符合他的初衷。因为他在筹划这个基金会的时候,老是想着自己年轻时,背着一副画架子,东奔西走在各个博物馆里的样子……他喜欢那个怀着艺术梦想的自己。

　　遗憾的是,W 先生没能等到第一批艺术家的到来就过世了。

不过他去世的时候很安心,看上去很像一个功成名就的艺术家,而不是有钱的富翁。

第一位到来的是 E 国画家,穿西部牛仔装,这倒没什么特别。现如今稍微年轻一点的人,大部分都有几条牛仔裤,大部分也都是这种装束。特别是他的那双牛仔皮靴,大而厚实的靴子底,像一辆从沼泽地上驶来的坦克,在波斯地毯上,留下一串大而黑的脚印。

负责接待工作的 M 小姐,立刻就把脸扭向了窗外。负责地毯清洁的,自有他人,她只负责接待,不过她还是受不了这一串黑脚印。你可以说那是一串脚印,也可以说是一串有关一个人修养的图章。

她不一定喜欢这个工作,只因她受不了上级的性骚扰,仓促跳槽的当儿,正好看见这个基金会的招聘广告。于是通过申请并经过面试,很容易地得到了这个工作。她猜想,可能是她掌握多种语言的能力占了优势。

画家随手把旅行袋往钢琴上一扔,旅行袋上的金属装饰砸在钢琴上,震得琴键发出一阵嗡音,他双手插进屁股后的口袋,吹了一个口哨,说:"不错的地方。"

M 小姐没有回答,她的职责范围内,没有与来客交流这一项服务。她只是手不离记事本和笔,随时记录下各位艺术家的需求,一副尽职尽责、立即解决的样子。

第二个来到的是位 B 国剧作家,看上去是个文雅的绅士,米色的——很欧洲的颜色——长长的风衣,长发潇洒地向额后披着。

从 M 小姐手里接过当月的津贴后,他很仔细地数了一遍。然后问道:"电话在哪儿?我要打电话。"

"每个房间里都设有投币电话。"M 小姐回答道。

B 国剧作家惊讶地说:"怎么,想不到你们这里还使用这么老旧的电话。"

"但是 W 先生喜欢老式的东西。"

接着他拍了拍刚刚装了津贴的衣袋,然后两手一摊,说:"请问您有没有打电话的钢镚儿?"

M 小姐搜罗了她的提包,终于找到一些。

B 国剧作家说:"这怎么够?我要打的电话很多,而且还要和出版社谈判有关合同的细节。"

M 小姐就更加面无表情地说:"那就请您到银行去换一些。"

这时坐在沙发上的 E 国画家,对 B 国剧作家"嗨"了一声,剧作家没有回头,背对着 E 国画家发出一句:"认识你很高兴。"

E 国画家却说:"别用后背对着我,我们早就认识对不对?我想您一定不会忘记,在上一个基金会我们有过同会之谊,而且你还借过我的钱,可是没有归还,就一走了之。"

B 国剧作家既没有肯定也没有否定,起身到花园里去了。

他环视着巨大而美丽的院落,实在不明白那个 W 先生怎么回事儿?要是他,即便将偌大家产送给远亲,也不会白白用来供养这些不相干的所谓艺术家。

当然,要是他有这么多钱,又何至到处流浪?

真是一分钱难倒英雄汉。面包五块钱一袋,四块九毛九你都不能把那袋面包拿回家,否则他怎么能不还 E 国画家的钱就一走了之。

天下是如此之小,没想到又与 E 国画家在这里重逢。

听听 E 国画家说得多么难听!可是一个穷光蛋又有什么自尊心可言,更难堪的是,他还得打肿脸充胖子。

B 国剧作家不像 W 先生,W 先生是带着一个不能成为艺术家的遗憾离开世界的。而在解体前的东欧,他不但是该国著名的剧作家,还有一份贵族的日子,而且不仅仅是精神意义上的。以他在民众中的影响,在竞选 B 国总统时,他的选票甚至名列第三,真是春风得意马蹄疾啊。

那时他的周围爬满了女人,那真是睡遍天下女人无敌手啊!

谁说除了写作之外,时不时给女人买条项链,或带她们到饭店大撮一顿,或在媒体上轮番撰文把她们捧为天下第一,从而得到一种免费服务……不是一个男人的得意之作？虽则手段有些低下。但如今哪个还玩儿"高尚"？玩儿"高尚"的人,不是傻子就是装孙子。

再者根据"一匹麻布换二十件上衣"那个以物换物的理论,也还算得有章可循。B国剧作家在大学里热诚地研读过几本理论名著,理论上的造诣非常之深,不然也不可能在总统竞选中,票数居高不下。

但是,对于解体反应最灵敏的也是女人。

女人是什么？整个一个蚂蟥。哪个成功的男人身上,不吸附着几条这样的蚂蟥？这些蚂蟥就像身上的名牌服装、名表、名车等等,是一个成功男人必不可少的标志。反过来说,哪个失败的男人,不是先从女人身上,体味世态的炎凉。

上哪儿还能找到罗密欧的朱丽叶？现在的女人,个个都是火眼金睛,你的账面上还有多少存款,不论政治还是经济上的收支,一嗅就能嗅出个八九不离十。一旦出现赤字,不要说跟你上床,连个电话号码你都休想得到。这种情况,相信全世界在成功和失败中颠簸的男人都不陌生。

就像那句名言一样,政治如女人一样多变。剧作家在东欧解体后的B国,不但失去了贵族的日子,也失去了总统候选人的大好前程,甚至成为新政治的攻击目标。于是他只好背井离乡,过起不得不吃"嗟来之食"的日子。

听说最近情况有所好转,但在同类的国家里,B国仍然是最为贫困的。不过有条消息让他看到希望——资本主义在B国的重新崛起,或是说复辟。所以在这一届基金会之后,他打算回国看看,不行再出来,接着过这种"嗟来之食"的日子。正像面包总会有的那样,出路也总会有的。

所幸在一次采访中结识了一位同乡,她的工作,类似一种新兴帮会的头目。只要付一些钱,她总能想办法让不想回去的人,在某个富足的国家留下来。而且不是充当那些等而下之的黑工,洗碗刷盘子之类,而是"吃"那些听起来非常悦耳,又让艺术家感到无比受用的文化、艺术基金会。

不一会儿,E国画家也来到花园。他悠闲地抽出一支烟,缓缓地吸着,B国剧作家凑了过去,希望与E国画家缓解借钱未还的旧怨,很知己地说道:"这是什么鬼地方,又没有女人,又没有酒吧……你知道像我这样的剧作家,在我们国家过的是什么日子? 我住在首都!"

E国画家却没有与他成为知己的意愿,说:"就是那个像旧货店的地方?"

晚上,基金会按照已故W先生的慷慨作风,在一处很有历史的老饭店,为艺术家们的到来,举行了欢迎宴会。

剧作家吃得非常专情,忘记了周边环境。他已经许久没有这样正式地吃过,只靠三明治和矿泉水过日子,而且还是那种最廉价的三明治。

他嚼食的频率和状态有如兔子,间隙极短、节奏明快、一门心思、咔咔有声,每次食物的装卸量,为连续四五叉或是四五勺。

由于嘴里食物囤积过多,口腔空间有限,于是脸上的皮肤,便因不胜负担如此巨大的张力而变形:眼睑外翻,下巴变尖。

更加他在咀嚼时,只用门齿不用臼齿的习惯,食物的汁水,便从关闭不甚严密的门齿中,不时溢出。

餐桌上的每一个人,都不好意思地低下了头,面对这样的饥饿状态,那些有饭吃的人,无不深感自己可以吃饱的罪恶。

只有E国画家看着B国剧作家的盘子说:"你点的这道牛排有一公斤吧?"

第二天,B国剧作家就向M小姐提出,能不能预支几个月的津贴,他不能就如此这般地封闭在一个偏僻、没有文化交流的地方。无论如何,他得走出去。

M小姐又在记事本上,忠实地记录下B国剧作家的每一项要求。

然后剧作家就开始往附近那些城市里跑，每天、每天，并不像已故的 W 先生所期望的那样，在基金会里安心创作，成就他的艺术事业。

如果不是后来的一天，B 国剧作家开了一辆二手车回来，谁也不知道他去那些城市交流了什么。

好在这里不像他的故国，人人都像暗探那样，对他人的隐私，充满动机各异的兴趣。再说一辆破车，特别是一辆二手车对这里的人来说，就像饭店的餐桌上，那一小篮免费的、让人熟视无睹的面包。

那辆二手车已经服役十年，可 B 国剧作家算计着，这辆服役十年的二手车，一旦开回故国，就会变成三手车，在小汽车极度匮乏、昂贵的故国，仍然大有赚头。

那些天，B 国剧作家就像屠格涅夫，或托尔斯泰小说里描写的俄国小地主。天一亮，就站在他那个单元门口，满意而热烈地咯咳着，然后迈着俄国小地主的步子，背着手儿，走向他的二手车。他那对相当性感的短腿，和短腿上那副壮实的躯干，在他那二手车的周围，不厌其烦地转过来，转过去。

一旦认真细致的清洁工来到，并开始每天的清扫工作时，B 国剧作家也就抄起清洁工的清洁工具和清洁剂，打扫起他的二手车。那辆二手车在他的精心呵护下，就从一个半老徐娘，变成了一个光彩照人的妙龄女郎。看上去不但不像一辆二手车，简直与一辆崭新的 SAAB 或是一辆 BMW 不相上下。但仔细哑摸哑摸，又能哑摸出那么点风尘味儿，让人浮想联翩。

一天早上，正当 B 国剧作家疼爱有加地抚摸着他那辆二手车的时候，一把带着油彩的刷子，突然从 E 国画家的窗口飞了出来，凿凿实实地砸在了 B 国剧作家的二手车上。

接着 E 国画家的头就破窗而出，他愤怒地说："你为什么总是在我工作时间，在我窗下清理你那辆破车，你再这样骚扰我，我就打电话给警察了。"

此后，除 E 国画家外，B 国剧作家常常慷慨地邀请人们搭乘他的车，或进城，或购物、或观看展览、或办理什么事情。可这种俄国式的冷战，在 E 国的冷傲面前，丝毫不起作用。

不料没过多久，这辆二手车的引擎就出了毛病，B 国剧作家为此咨询了许多专业人士，大家一致的结论是，修理引擎的费用，不可避免地是购买二手车的四分之一。

神经非常坚强的 B 国剧作家禁不住痛苦起来，以至他觉得自己的心脏出了毛病。每天早上起床后，他来到环形的廊子上，伸出他的手，对 I 国作家说："我觉得我的心脏有病了，请你摸摸我的脉搏。"

I 国作家摸了摸他的脉搏，说："你的脉搏跳动很正常。"

"那么你再摸摸我的心脏，我觉得我的心脏跳得快从嘴里出来了。"

I 国作家说，"如果你的脉搏跳动得很正常，就说明你的心脏没问题，脉搏和心脏的跳动是一致的。"

B 国剧作家又对 M 小姐说，他有一个历史留下来的疾病——就是精神病，并且提醒她说："我预支几个月津贴的要求，虽然被你记录在记事本上，但直到现在也没落实。"他目光犀利地盯着 M 小姐，那目光明白无误地告诉对方，精神病患者有时就像巫师，不但能透析一切伎俩，说不定还会干出什么出格的事。

此后，B 国剧作家就整天整天站在花园里，对着天空发呆，或是整夜整夜在花园里徘徊。半夜三更，突然就从花园里传出狼一样的嗥声，非常瘆人。那嗥声惊醒了所有的人，大家只好跟着剧作家的引擎，一起出毛病。

这时人们确信，B 国剧作家可能真有那种历史上遗留下来的病。

最为担心的是 M 小姐，万一 B 国剧作家的精神病复发，甚至出了什么问题，基金会很可能认为是她的照顾不周，虽然她已经用完了一个记事本。但不久之后我们就会知道，M 小姐的顾虑纯属多余。

直到 B 国剧作家想出解决引擎的办法之后，大家才有了一个安稳的睡眠。

B 国剧作家没有白白站在花园里，对着夜空发呆。在长久的思考后，他选择了住在基金会隔壁的 L 太太。

尽管从全世界来说，文化艺术的地位已经沦落到非常可疑的地步，艺术家每每说到自己是艺术家的时候，就像说到自己是尊严丧失殆尽的乞丐，或操皮肉生涯那样尴尬。但在这个文化传统相当深远的国家里，人们一时还难以从历史的积习中走出。何况基金会不是坐落在追逐流行文化的城市，而是坐落在一切都比城市慢上半个拍节的小镇。直到如今，小镇上的人们半只脚，还留在毫无经济效益的文化艺术迷谷之中，所以对 W 先生设立的这个文化基金会，和首批到来的各国艺术家，仍然崇拜异常。

仅在基金会的第一期活动中，L 太太已经从 E 国画家那里得到一张小画，还从南非雕塑家那里得到一尊小雕塑。如果基金会天长地久地继续下去，她的家，必将成为一个小小的艺术博物馆。所以 L 太太的儿子，自带工具和一应零件，为 B 国剧作家免费修好了他的引擎。

至此，B 国剧作家的精神疾患，才不治而愈。

一旦剧作家的精神疾患消失后，他的身影便照常出现在廊子上。

每逢早上，当各国来宾在与各自单元连通的环形廊子上，喝着不同风味的咖啡时，真像在开万国咖啡博览会。

而当大家坐在环形的廊子上吃早餐、午餐、晚餐的时候，那廊子又像一个检阅台，B 国剧作家特别意识到廊子的这个作用。

有个傍晚，I 国作家正在做饭的时候，突然发现油没了。B 国剧作家终于有机会向大家证明，他也是可以有所贡献的。像举着一面革命旗帜那样，举着他的油瓶子，沿着"检阅台"走来走去，而不是马上送进 I 国作家的厨房。好像他忘记了这栋建筑的结构,突然找不到 I 国作家的厨房了。

E 国画家对南非雕塑家说:"就像当年英国人占领了一处殖民地似的。"

南非雕塑家说:"我根本不相信,这样的一个人有资格当总统。你没看见我们扔在餐桌上的香烟、点心、零钱,全让他捡走了吗?"

E 国画家说:"在他们那里什么事情都可能发生,再说,政客不就是这样的吗?"

"那么丘吉尔、罗斯福和戴高乐呢?"

"当然,政客也有高低之分,就像艺术家一样。"

在万国咖啡博览会上品尝过不同风味的咖啡之后,B 国剧作家说,他最喜欢的还是 I 国咖啡,所以他常常落座在 I 国作家的早餐桌上。

谁都知道,除了咖啡,I 国的食品也是世界一流。

I 国作家又是好客的,更喜欢烹调。傍晚,整栋楼里常常充盈着大蒜和意大利香料的混合气味,不但各个单元的艺术家,就连隔壁的 L 太太也像听见了开饭铃,向权做餐厅的廊子里聚集,B 国剧作家更会按时出现在 I 国作家的晚餐桌上。

他一坐下,就迫不及待地把餐桌正中的菜钵拖到自己面前,先拿刀叉在钵子里肆无忌惮地扒拉一番,拣出其中精华,就着盘子鸡叨米似的吃了起来。没等众人开吃,钵里被热爱艺术的 I 国作家,装点得如一幅绘画那样美丽的菜肴,已经像一堆垃圾那样面目全非。如果钵里是一只鸡,转眼就变成了皮和骨头。"对不起,我们家族有高血压遗传史,我不能吃皮和脂肪。"B 国剧作家解释说。

虽然他半阖眼,专心致志地嚼着,却对所有就餐人的一举一动,保持着高度的警觉。一旦有人在钵里夹菜,他会立刻跟上,往自己堆积如山的盘子里,再堆上一些。以至他盘子里的菜,时时如塌方的山岩那样,从顶端塌落下来。

邻居 L 太太就对他说："别吃那么多,也别吃那么快,不然你的胃又疼了。"

L 太太这样担心不是没有根据的。那天,L 太太在自家院子里收获了很多西班牙李子,家里大大小小的篮子、钵子里,满装了那些李子。

对于 L 太太的西班牙李子,B 国剧作家原只打算尝尝,一尝才知道,西班牙李子竟然那么出色!

基金会的院子里有的是樱桃、苹果、梨、杏之类的果树,却偏偏没有西班牙李子——顺便说一句,新来乍到的剧作家,居然就能熟络地在储藏室里找到梯子,用以采摘院子里的各种水果再合适不过。并对 I 国作家说:"你根本用不着到超市去买水果。"

I 国作家却问道:"储藏室在什么地方,我需要一把钳子。"

…………

深夜两点钟,L 太太被敲门声惊醒,原来是 B 国剧作家的腹部疼痛难忍,他怀疑自己得了盲肠炎,并声称疼得不能开车。

L 太太赶紧开车送他到医院急诊,大夫说不是盲肠炎,而是暴饮暴食,致使胃部负担过重的结果。只给他开了一些帮助消化的药,并嘱咐他,一定让他的胃好好休息一段时间。

B 国剧作家不但有历史遗留下来的精神疾患,在基金会生活的日子里,他的胃又添了毛病,特别在 I 国作家那里吃过晚饭之后,他的胃病经常发作。

但比之初来乍到,他还是胖了许多。他的脸,看上去更像一张俄国小地主的脸了。如果从他的颈后看过去,只见他的腮帮子跨出两耳,像是得了一种不得则已、一得就很严重的腮腺炎。如果就整个头部而言,又像名噪一时、两翼紧贴机身的"协和式超音速"客机。

无论如何,与他初到此地的形象,已然大不相同。至少这副腮帮子,已先期到达先进发达的第一世界。

可是除了 I 国作家,哪个国家来的艺术家都与他不甚协调,直到从 O 国来了一位作曲家,B 国剧作家才走出寂寞和孤独。

B国剧作家好像找到了铁杆同盟,经常与O国作曲家,摞着膀子在院子里走来走去,不得不让人想起某三大国之间常用的,类似三角恋人斗法,那个十分老套、毫无新意、却又百试不爽的"现实主义"手法。

　　此外,他们还经常勾肩搭背地喝伏特加,头抵头地唱那些斯拉夫歌曲。

　　尤其在夜晚,歌声穿过繁茂而荒凉的院落,穿过婆娑的树影,缓缓地揉搓着人们的心。

　　在那曲调平板、沉静、悠长的叙述中,苦难是如此饱满、开阔地弥漫着,既无源头可寻,也无尽头可以期盼。

　　特别是和声部分,不惊不乍,逆来顺受。一个声部搀扶、鼓励、抚慰着另一个声部,迟疑却又别无选择地向着难分难解的苦难,跋涉而去。

　　只有声带中那不易觉察的轻颤,有如盲人对前途战战兢兢的摸索,透露出一种被永恒的黑暗所覆盖的生命质地。

　　I国作家、E国画家、南非雕塑家,侧耳静听着那在黑暗中艰难跋涉的歌声,似乎在那歌声中,细细地辨认与往常不同的B国剧作家和O国作曲家,仿佛那歌声才是他们的真实面目。

　　I国作家悄声说道:"这是多么忧伤的民族啊。"

　　E国画家忽然意识到,他羡慕那不尽的忧伤……然而那忧伤的歌声却告诉他,忧伤早已弃自己而去,他再也不会忧伤了。

　　南非雕塑家说:"斯拉夫人出生伊始,睁开眼看到的第一个东西就是酒瓶子。他们甚至还在母亲肚子里的时候,就开始喝酒了。不论男人还是女人,张开一天中的第一嘴,就是灌上一口沃特加,一天便从这里开始,然后就是撒酒疯。那些在沃特加中熏大的孩子,除了接着往下喝,还有什么其他选择?斯拉夫人总是那么忧伤,可能和这种源远流长的酒病有关,因此他们才会有那么多艺术家。"

　　然后他们就在那歌声中,久久地、自惭形秽地沉默着……

自从 O 国作曲家来到之后，M 小姐的记事本更是经常地打开，经常地记录，可是大家提出的问题，却没有一项得到解决。

　　一向与世无争的南非雕塑家说："下周有个电视台要采访我，我一定要谈谈我对这个基金会的看法，和基金会存在的问题。"

　　南非雕塑家果然在电视台的采访中，对基金会存在的问题做了全面的评述。采访记者十分激动，一再紧握南非雕塑家的手说，基金会存在的这些问题，是对 W 先生和公众的缺乏职守和不敬。媒体作为公众的喉舌，一定要把这些问题曝光。

　　让南非雕塑家不解的是，电视台在播放这个节目的时候，却删掉了相关的内容，更没有人对此做出合理的解释，看起来动静很大的一个举动，就这样不了了之。

　　O 国作曲家比 B 国剧作家更具开拓精神，刚来几天就向 L 太太借车，却不向经常一同饮酒、歌唱的 B 国剧作家借车。

　　他实话实说，附近两个城市即将举办他的个人音乐会，但是他住不起旅馆，如果 L 太太肯借给他汽车，他不但可以住在车里，还可以省去往返的路费。当然，他不像 B 国剧作家那样，总是无偿索取，他向 L 太太奉上了自己作品的录音带，还在封套上签了名。

　　热爱艺术的 L 太太为了难，"对不起，车是我每天必用的。"

　　"那么……您知道，谁也不会为一个短暂的逗留，带上自己的全部家当，比如说一年四季的换季衣物。不知道您有没有打算丢弃的，比如说御寒的衣物？ 我还得在此地度过一个冬季，我是个非常实在的人……那些衣物您与其丢弃，不如折价卖给我。"

　　L 太太慷慨起来，"别说什么折价卖给您，御寒的衣物当然有，我儿子到香港出差时买过一件羽绒夹克，号码有些大，扔了有些可惜，所以一直放在那里。"

　　O 国作曲家留给 M 小姐的印象，也是礼义廉耻、文质彬彬。

逢到请 M 小姐到他那里谈什么问题，总是备有清茶一杯，外加放着四块饼干的小碟。至于他作品的录音带，也在初到伊始，加上签名送给了 M 小姐。

所以当警察局让 M 小姐到警察局领人的时候，她感到非常意外。原来 O 国作曲家在某广场无照卖唱，被警察拘留。拘留之后又发现他不但无照卖唱，连进入这个国家的签证，也已经过期。

M 小姐非常不解。O 国作曲家的签证，应该与基金会邀请函上的日期同步，怎么会过期呢？难道 O 国作曲家先行到达？他又怎样在基金会启动之前，来到这个国家？

这些外来人，个个都比当地居民神通广大。

基金会只好让 O 国作曲家暂时先回到他的国家，重新申请、办理一个有效的签证。

可是 O 国作曲家说，不但他不能回去，还要把全家接到这里来。他的理由十分充分而且让人同情，因为他的故乡就在发生过让全世界震惊的核泄漏地区，他的孩子甚至因此得了辐射病，他得把妻子和孩子接出那个危及生命安全的地方。他说："正是为了准备他们的到来，为了他们不至睡在露天，为了不至给你们国家增加负担，我才到广场卖唱，自力更生攒一笔买房子的钱。我们那里和你们这里不同，他们在申请、办理护照时，就需要很多钱去疏通有关部门……当然，如果基金会能帮助我解决这个困难，我将不胜感激。"

不但 B 国剧作家，基金会全体艺术家都为帮助解决他的困难，而卖力地呼吁。

可是 O 国作曲家和 B 国剧作家，却因汽车闹崩了。

自从在 L 太太那里借车不果之后，O 国作曲家只好向 B 国剧作家借车，不是一次而是经常。

B 国剧作家又不好不借，因为他也经常在 O 国作曲家那里蹭饭。每当 O 国作曲家借了他的车，B 国剧作家那一整天都会坐立不安，出来进去、出来进去，"咣当、咣当"地摔他的门。

大家非常担心，不知自己会不会像他的引擎出问题时那样，再次和他一起犯起精神病来。

冥思苦想之后，B 国剧作家说服 O 国作曲家，最好像他那样，也买一辆二手车。

O 国作曲家觉得这个主意不错，便频频搭乘 B 国剧作家的车，进城找二手车。车行跑得不少，却迟迟定不下究竟买哪一辆。

最后，B 国剧作家终于觉悟到，O 国作曲家一次次进城看车，不过是假借进城看车的名义，办理自己的各种杂事。难怪 O 国作曲家后来不再向他借车，而是改为搭乘他的车了。

此外，B 国剧作家和卖二手车的车行有过协议，如果他推销出去一辆二手车，便可从中得到百分之十五的提成。O 国作曲家拒不买车，那就意味着百分之十五提成的泡汤。

B 国剧作家怎么想怎么觉得自己被 O 国作曲家涮了，就对 O 国作曲家说："如果你再坐我的车进城，不论干什么，请付一半车费。"

O 国作曲家鄙夷地说："还轮不到你来当国际倒爷。"

B 国剧作家也不甘示弱："你以为你们还能像过去那样，统治我们这些周边小国，不论怎么剥削我们，我们都心甘情愿地臣服在你们的脚下？"

这些话，也不能算十分不得体，只不过因为他们都脱离了昔日的轨道，于是对未必是刺激的刺激，便显得分外敏感。

脱轨事故不单颠覆了他们往日的生活，也引发了他们今日的不幸和耻辱。固然，昔日也有昔日的不幸和耻辱，但那是"昨日"的钝痛，比之"昨日"的钝痛，"今日"之痛可谓锐痛。因此他们的小题大做，借题发挥、发泄，又怎能不让人同情？

而他们自己，却深为找到这样一个发泄机会而兴高采烈，而情绪高涨。又因历史关系的悠久，彼此深有了解，句句话都如针灸入穴，稳、准、狠地直刺对方要害，这种极度发泄的结果，往往就会导致武力冲突。

他们抄起南非雕塑家的西红柿酱、酒瓶，互相砸了起来。

一瓶西红柿酱，砸在了 W 先生的巨幅照片上。那是基金会的品牌标志，每个艺术家的单元里都挂有一幅。

西红柿酱在 W 先生的照片上开了花，酱汁溅了已故 W 先生的满头满脸，不过 W 先生照旧对艺术家们痴心不改地笑着。

一瓶上好的、产自葡萄牙的波尔多葡萄酒，也被他们砸在南非雕塑家一座尚未完成的雕塑上。

在西红柿酱和葡萄酒瓶告竭之后，他们又抄起南非雕塑家雕塑用的石膏……

忍无可忍的南非雕塑家，看着满头满脸西红柿酱汁的 W 先生，满地流淌的葡萄酒，和满地稀巴烂的石膏块……很不客气地对他们喝道："别打了，你们这些斯拉夫懒猪、脏猪！"

B 国剧作家和 O 国作曲家就像听到了口令，马上停止了殴斗，转而向南非雕塑家进攻："你这是希特勒的语言。"

南非雕塑家说："我不管什么希特勒不希特勒，瞧瞧你们在这里干的事，不是脏猪、懒猪、贪婪的猪又是什么？说你们是猪还抬举你们了。"

于是这三个人又混战起来，南非雕塑家的那间工作室，转眼成了罗马竞技场。

但他们都不是练过拳击的南非雕塑家的对手。南非雕塑家出手并不频繁，但一拳是一拳，拳拳击中要害，直打得他们比那西红柿酱和波尔多酒还狼狈。

B 国剧作家想，在他的二手车还没有变成三手车之前，就为民族主义或其他主义牺牲成仁很不值得，便停止了殴斗。

他们把南非雕塑家对斯拉夫人的侮辱，反映给了 M 小姐。M小姐说："听到这些，我感到非常非常的抱歉。"

他们说："这就完了？"

M 小姐说："难道还有什么？每个人都可以有自己的看法，虽然这让你们非常不愉快。"

B 国剧作家却不肯善罢甘休，他从报纸上得知，当地正在兴起反法西斯复辟的运动,于是他给报社打了电话,声称基金会有法西斯复辟的迹象,一些记者马上就要前来采访。

但另一些记者又说,南非正处在某大国令人发指的,不平等待遇的压迫下,你们对处在水深火热之中的南非雕塑家非但不同情,还要进行声讨,是不人道的等等。结果是不了了之。

此后,除了善于烹调的 I 国作家,"联合国"的人见了他们,又都沉默不语起来。

B 国剧作家横着胳膊对着廊子一抡,感觉自己就像用机枪向廊子里扫了一梭子,并对那些坐在廊子里喝咖啡的"联合国"们说道:"收起你们那套假模假式的清高吧,你们还不是和我们一样,吃这个傻逼老头儿吗? 有什么资格笑话我们,或是看不起我们?"

如果不是 W 先生那巨大的院落突然起火,基金会的日子可能就这样平淡无奇地结束了。

损失最为严重的当属 E 国画家,据他说,他全部的绘画和画稿被毁。幸好基金会给大家买了保险,E 国画家得到了保险公司的巨额赔偿。他心安理得地说:"艺术是无价的,想要多少赔偿就可以要多少赔偿!"

B 国剧作家说:"真是会咬人的狗不叫。"

E 国画家说:"那你就是只会叫的狗了?"

E 国画家得到的赔偿,让 B 国剧作家的心理非常不平衡,可惜他的二手车没有被烧,不过他还是得到了保险公司的一些赔偿,理由是他的精神病在这一惊之后,更加严重……

E 国画家得到赔偿之后,M 小姐终于接受了他多次共进晚餐、也多次被她拒绝的邀请。那天晚上,她精心地化了妆,看上去很有点像香消玉殒的戴安娜王妃。

据说不久以后,她又得到 E 国画家再次共进晚餐的邀请,按照约定俗成的规则,一个女人,如果第二次还接受那男人共进晚餐的邀请,那就意味着他们的关系,有发展的可能。

不过谁也不知道,M 小姐是否接受了 E 国画家的第二次邀请。

以 M 小姐那样聪慧的人,还能判断不出 E 国画家,是个有发展还是没有发展前景的男人? 又何必为她咸吃萝卜淡操心。

火灾之后,基金会第一期活动就要结束了。

分离在即,B 国剧作家感到非常惋惜,不过那惋惜并无十分明确的内容或目的,只是一种自然的冲动,一种习惯使然,通常发生在某种本可把握的物质,一旦从眼前消失的时候。

可又想不出继续留下的理由。

好在他的背部提醒了他。他的背部不像他的心脏,是货真价实的有问题,经常疼得他不能入睡。

早在来 W 先生的基金会之前,B 国剧作家就仔细研究了基金会的章程和资料,健康保险是十分具有利用价值的一项内容。这也可能是他在基金会滞留期间,不论历史上遗留下来的疾病,或新派生出来的疾病,经常轮换发作,并频频光顾医院的原因之一。

于是 B 国剧作家要求对他的背部,进行一次核磁共振检查,这一次 M 小姐不但把他的要求记在了记事本上,并很快得到落实。

也许是那次他要求预支几个月津贴,而又始终没有一个明确的下落后,他对 M 小姐说的那番话,以及当时他那目光犀利的盯视,让 M 小姐懂得了,对一个有着历史遗留下来的那种病的人,万万不可等闲视之。

检查的结果是他的背部没有问题,无须治疗。这消息不但让 M 小姐感到高兴,也让 B 国剧作家感到少许的高兴,虽然背痛已经不能成为继续留下来的原因,但毕竟回去之后,不必再为他的背部,做那昂贵的核磁共振检查。

既然没有留下的希望,B 国剧作家也就不再生病,只提出每天到医院对背部进行按摩的要求。

一旦不生病,他就整天躺在 I 国作家的沙发上看电视,一边喝着 I 国作家的威士忌、吸着 I 国作家的香烟,一边等待着离去的日子。甚至在 I 国作家接待女人的时候,也不肯离开 I 国作家的那张沙发,让 I 国作家在与女人交欢时,感到非常的不便。最后 I 国作家把自己的酒柜和食品柜,搬进了 B 国剧作家的房间,情况才有所改变。

基金会第一期活动终于胜利结束,艺术家们各奔前程。

在基金会的帮助下,O 国作曲家终于得到了继续合法居留、工作的机会;一百个看不起 B 国剧作家的 E 国画家,又转向另外一个基金会;南非雕塑家在一个人道组织的帮助下,投身于反对某大国种族歧视的运动;B 国剧作家开着他的二手车,满怀着二手车变三手车的憧憬,将横穿欧洲大陆回到 B 国。

临行前,B 国剧作家的眼睛,还在不甘地、下意识地搜寻着 M 小姐,因为他还有一笔可观的演讲费,押在 M 小姐手中。

那笔演讲费,本应在演讲之后当即付给他,可是 M 小姐说,她把那笔钱忘在了家里,请他放心,第二天一定带给他云云。

不要说第二天、第三天、第四天……直到第 N 天,M 小姐也没有露面,打电话到办公室,人说 M 小姐休假去了,什么时候回来?不知道。

B 国剧作家希望看起来高贵的 M 小姐说话算数。可是那些看起来高贵的人,并不见得比他高贵多少,这是他在各个国家闯荡多年的经验。所以,他对那笔演讲费的安危充满怀疑,不能算是多虑。

可是刚刚进入 B 国国界,他就出了车祸。

消息传来后,有人说:“要是他还留在这里,他总会找到一个理由让保险公司赔偿,可是一旦进入 B 国国境,他就没辙了。这叫道高一尺,魔高一丈。”

但是具体细节谁也说不清楚。

有人说,他酒后驾车;

有人说,汽车自燃;

有人说,他的汽车撞在了大卡车上;

有人说,所谓与大卡车相撞,不过是一起蓄意谋杀;

有人说,剧作家根本没有死于车祸,通过再次竞选,他终于当选为该国总统;

有人说,他自己开办了一个基金会,那个基金会可不像 W 先生的基金会,而是一个可以创收的基金会。不但 B 国剧作家从此不必到处打游击,而且还为全世界的基金会,提供了一个不但不赔钱,还可以创收的蓝本;

有人说,又在哪个国家的哪个基金会里看到他,没准儿他还能与 E 国画家狭路相逢。

…………

M 小姐始终没有露面,如果怀疑她在逃避应该付给 B 国剧作家的那笔演讲费,似乎太糟蹋她那样一个高傲的人儿,可是 B 国剧作家,再也不能收到他那笔可观的演讲费却是事实。

不过她那几个密密麻麻,写满艺术家们各种需求的记事本,不论作为她的工作见证,还是作为基金会的工作见证,都非常实用。

而后,它们又作为基金会的工作经验、成效,无数次地进入各种文献版本,M 小姐也因此受到基金会的青睐,职务也如股票市场喜逢牛市,一路攀升。

公寓里各司其职的工作人员,突然全部销声匿迹。不明就里的人以为他们全被炒了鱿鱼,或是罢工,或是休假去了。事实上,他们全都待在各自不错的住房里,领着一份不薄的工资。

如果基金会的官员们都去休假,那么一向勤奋、勤快的清洁工应该还在吧?

可是不知为什么,这栋外表依然风姿绰约,让路人不得不驻足欣赏一会儿的老房子,到处长满了蛆,尤其是厨房和洗澡间。

厨房的所有墙面也沾满了油垢,如同粉刷了一层新型涂料,不论摸到哪里,都是满手黑腻腻的油垢。

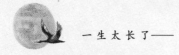

奇怪的是除了 I 国作家,几乎没有哪位艺术家喜欢烹饪。

未曾清洗的碗盏,堆放在地板上、碗池里或是沙发上。那些名贵的、成套的餐具,个个缺鼻子少眼儿。不是掉了柄儿,就是掉了壶嘴儿,再不就边缘上排列着参差不齐的缺口,像是惨遭地震或战争,一副劫后余生的模样。

卧室里的枕套、床单,不是待在它们应该待的床上,而是垫在洗澡间的地板上,那里似乎曾被洪水淹过。

…………

院落里、行人的小道上,就连各个单元的房梁上……到处长满大而丰腴的灰色蘑菇。

也难怪,那不是一个美丽的、容易长蘑菇的季节吗?

1999 年

听彗星无声地滑行

"爱好精致的袜子并不一定意味着一双肮脏的脚。"

不知加缪这句话会不会引起他人的什么联想，反正它又一次为艾玛提供了文学演练的机会，她将这个句子改头换面为：
"爱好精致的袜子，并不一定意味着不能有一双肮脏的脚。"

一般说来，这就是艾玛的阅读方式。经常对她喜爱的段落、句子等等，做一点无伤大雅、或反其道而行之的篡改。

麻烦的是，可能还不仅仅限于阅读。

很长一段时间，这种阅读方式让艾玛生出妄想，她未必没有成为一个作家的可能。

是不是？！

所谓创作，无非是把他人行情看好的创意，改头换面，粘贴到自己的页面上去，好些作家，其实干的就是这个活儿。甚至，干脆，克隆一个混淆视听的名字，与那些已然开拓市场的作家名字难分彼此，也算不得稀奇。不要把剪径想得那样不堪，不妨看做捷径的一种，也还说得过去。

直到看了电影《我们过去的日子》，这种偏离生命轨道的妄想，才得到纠正。

当影片中的男主角对朋友说他想成为一个作家时，朋友把他拉到窗前，让他仔细看好拥挤不堪、熙熙攘攘的世界，说道："你想当作家？！比之他人，你有什么特别之处吗？是你的母亲被总统操了，还是你得了闻所未闻、故而惊爆世界的不治之症……"

这些成为作家的必备条件，艾玛没有，一个都没有。

母亲不但不会被总统操，很可能还会给总统一个耳光，当然不是因为贞节。在母亲的观念里，总统与男人无关，而是某个由他们供养，为他们服务、执行他们旨意的人。哪儿有佣人操主人、主人反倒觉得荣幸的道理！只有莱温斯基那种女人，才会觉得被总统操一下，是上帝为她打开的天堂之门。

父亲更说："……这就像是两顿正餐之间的下午茶，看看周围，很少有人不在两顿正餐之间喝杯下午茶的，到了克林顿这里却炒得沸沸扬扬。这是政治，完全是政治。尤其那个崔西，简直是条眼镜蛇……我也不认为克林顿欺骗、亵渎了法律的神圣，他对性行为的理解可能有些传统：比方行为发生地应该在床上，比方双方的性器官有实质性的纵深进入等等，而他与莱温斯基之间发生的，不过是单方面的口头行为……对男人来说，既然有个女人愿意送他一份礼物，为什么要拒绝呢。"

不过这些话都是在家里说的，艾玛认为，这就是父母那一代人的虚伪之处。连类似活塞运动的做爱，连莱温斯基对克林顿的口淫，也被他们说得那样文雅，听听："性器官实质性的纵深进入"、"单方面的口头行为"……真不能相信，这二位还曾是什么先锋人物。

而艾玛本人，却十分健康地活着，连那如时尚一样流行的感冒，都很少光顾到她。

加缪这样单元化地理解袜子和脏脚的关系，艾玛觉得无可厚非，毕竟他太老了，而且在上个世纪，也就是一九六〇年去世，从而无缘体验当今这个多元的世纪。

这样说并不等于她不敬慕加缪，相反，他是艾玛非常喜欢的一位作家，比起那位没事硬找出点事儿、以昭示其反抗人格的卡夫卡，加缪在她心目中的地位高多了。固然，加缪同样坚守着一份反抗人格，可毕竟不像卡夫卡那样戏剧化、那样形迹可疑。

对加缪而言，人格就在自己手里握着，尽管我行我素就是，有必要不断宣告自己在闹人格独立吗？

艾玛对卡夫卡的质疑，暴露了她在文学上的低劣品位，所以，不当作家也罢！

不是高攀，事实上艾玛也是个没事硬找出点事儿来的人，据说这种毛病可以互相传染，而她不想使这个毛病重上加重，所以她总是尽量回避那些没事硬找出点事儿来的人，包括卡夫卡。

好比艾玛一直想与某个男人共度良宵，说的是良宵，而不是睡上一觉。

到了二十一世纪，与某个男人睡上一觉，就像早餐桌上那粒多种维他命，你吃也可、不吃也可；或是像清早起来，你必得撒的那泡尿——势在必行。

可共度良宵这件事，就像"哥伦比亚号"航天飞机着陆，看起来万无一失，结果却事与愿违，在着陆前十六分钟解体。对多数事体而言，十六分钟的出入，差不多算是成功，而在某些方面，却是失之毫厘差之千里。

请原谅艾玛的这个比喻，不是她心如铁石，而是这个不算奢侈的愿望，的确像那架航天飞机，经常在即将实现之前解体。

纽约当然是个藏污纳垢之所，却也不乏"芝麻开门"的机会。这种机会不多，但也不会很少，这就是艾玛为什么至今还不放弃这个奢望的缘由。

艾玛所说的机会，不是哪个与她迎面而来的男人，不小心撞掉了她怀里的公文包；

不是深夜在地下停车场，突遭歹徒袭击，斜刺里冲出一名男子，救她于危难之中；

不是在哪个咖啡店的哪张咖啡桌上，她想吸烟，却翻遍手袋找不到打火机，这时桌对面的男人，用他的打火机适时为她点燃了香烟……

…………

如此等等，从此就另开篇章。

在那些卖座的电影或电视剧中，如此这般的细节不胜枚举。

艾玛早就腻烦了这些花样，期待着早晚哪一天，有个真正的细节出现。

其实在与男人的交往中，艾玛一直像 FBI 那样谨慎小心，她可不愿意上演那种百老汇式的通俗剧。

上个世纪，有位靠石油发家的斯凯里（Skelly）先生，他的财产继承人若是一位男性，结果可能会大不相同，可惜是个女人，女人一旦成了亿万财产的继承人，下场可就惨了。她的故事，为大大小小的通俗报人，制造过多少炙手可热的选题……

哪位继承亿万财产的女人，有可能逃脱这种厄运？艾玛之所以不那样忘乎所以、疯疯癫癫，就像斯凯里家的那位卡洛琳（Carolyn），一方面因为她多少有些自知之明，更因为艾玛祖上的财产，不像卡洛琳父亲的财产那样多到自己也数不清。

在与那些男人交往的初期，艾玛的路数大致如此：装饰尽量夸张、过分，比如在领口装饰许多花边和皱褶，头发上喷许多摩丝，使她看上去像个来自得克萨斯的乡村小妞；

或穿上过短的黑皮裙，让人联想起 42 街，从事世界上那个最古老职业的女人；

满口黑人俚语，就连语音语调也惟妙惟肖得让人难辨真伪。如果在只闻其声不见其人的电话里，真让人以为她就是郝思嘉的那位女佣；

从不暴露对他人当众使用牙线的嫌恶，甚至对内衣、睡衣的苛求；等等，等等。

比方有位教授（！）开车送艾玛回家的路上，竟然拿起车窗前一枚有备无患、号码不小的铜制弯钩（还不是不那么招摇、触目的牙线），一手开车，一手拿着那枚钩子，像已经不多见的、清扫烟筒的工人那样，清理他的牙缝，而她却能置若罔闻。

换了谁，能像艾玛这样，对日常生活中这些出现频率最高、使人随时处于灭亡威胁中的景观等闲视之。

就连租赁房子,她都不选在有身份人租住的那些地区,而是租住在模棱两可的 89 街,再上一条街就是 90 街。如果艾玛不是夜游神、经常在深夜回家,不得不考虑安全问题,肯定会在 90 街以上租下房子。这样,一旦哪个夜晚、哪个男人送她回家,她又可能说出一句"你愿不愿意进去喝杯咖啡"的时候,而不至因为房子的所在地区,引申出丰富的联想或导致形势大变。

那些地区的房子,时不时会出现许多非常低级的问题,比如前不久的给水管子爆裂。一条水管子老到什么程度才会爆裂,不用咨询专业人员想也能想得出。等艾玛下班回来,她甚至以为自己开错了房门,因为日日夜夜必得与之为伍的那张地毯,看上去十分陌生。漏水问题,殃及楼下的住户,他们联合同样受害的艾玛,要求房主的赔偿,而艾玛却没有为他们提供有利的证词。她是一个懒散成性的人,而任何要求赔偿的行为,都会耗去许多时间和精力,连离婚那样显而易见的责任赔偿,不耗去若干时日都别想把钱拿到手,何况艾玛认为她那张地毯,并不值得她付出如许的努力。

…………

这大概就是艾玛通常不会在她父母那栋一八七三年的房子里考虑什么、决定什么,或干什么正经事的原因,艾玛老觉得那栋老房子对她不那么吉利。更不会带一个男人,到那栋房子里去拜望她的父母或是参加 party。客观地说,艾玛对它的态度,不应该受到人们的谴责。

艾玛那些至交,怀疑她得了某一方面的障碍症。

对于艾玛的行径、她的父母倒不以为怪,且不闻不问。据她的外祖父母说,当年他们在"垮掉的一代"中就是激进分子,甚至在那引领潮流之地的伯克利大学,也是威名远扬。艾玛的种种表现,只能叫做青出于蓝而胜于蓝,或是有其父母必有其女。他们对艾玛的父母能把夫妻这一职责,几十年来负责到底,至今仍然十分惊讶。

可是没用，最后总是原形毕露。艾玛不知那些男人如何、又是从哪里得知，这一切不过是她的伪装。

原形毕露的结果是，他们不是掉头就走，就是很快进入讨论婚嫁的程序。

不论哪个结果，艾玛都以一个装腔作势的女人形象，了断与那些男人的关系。

前不久艾玛又交往了一个男人，应该说是她周末回家探望父母的收获。

此人是艾玛父母远在西西里岛上一个老朋友的儿子，先是来此旅游，却在这里停留下来，说是找到了一种不同于欧洲的感觉。

那还用说，不论谁，换个生疏的地方，总会有不同的感觉。不过人总得为自己的行为找个理由，不管那个理由正当还是不正当、充分还是不充分，艾玛对此深有理解。现而今，还有人能为自己的行为准备一个理由，应该说是很有责任感的人，难怪艾玛的外祖父母对此有点儿大惊小怪。

母亲对艾玛说，能不能帮她一个忙，代她尽些地主之谊，比如带着这位投奔她的客人，游览一下本地名胜。

"比之欧洲，本地也好、美国也好，有什么名胜可供游览？您要是觉得真有可供游览的场所……不如您陪他去。"艾玛的意思是如其母亲天天去健身俱乐部瘦身，不如多活动活动自己的筋骨。

"你不会忘记我的年龄吧，也当然知道两个结伴同行的人无话可谈的尴尬。"

毕竟艾玛很爱她的母亲。最后还是陪同这位客人，参观了本地哪怕有一点说得上名堂的地方，叫它古迹也行，除非人们不在意那是牵强附会。

爱屋及乌差不多是人的通病，谁让艾玛对地中海情有独钟。艾玛常想，等她退休之后，一定在地中海的哪个小岛子上买栋小房子,安享她的晚年。可她离退休的时候还很遥远,只能于休假之时,到希腊或西班牙附近的哪个小岛子住上几天。

还有那些煽情电影,《罗马假日》《罗马之行》,以及那个声线哆嗦得让人觉得像是踩上振荡器的"猫王"什么的,没有一样不与意大利有瓜葛。在那里,爱情真像一块装饰华丽的奶油蛋糕。尽管人们深受爱情肥胖症之苦,有人还因为减肥的原因忌口,但有益无害的欣赏,难道不是另一种愉悦?

厌食症同样会导致死亡。

既然是艾玛父母的老朋友,他们远在西西里岛上的那栋房子里,每一个物件,想必也是大有说头。

所以艾玛与他的交往相当放松。他肯定早就知道艾玛父母那栋一八七三年的老房子,以及与此有关的一切,也就不用拐弯抹角打探她的家底,她也不必为闹不好就露馅而担心了。

较之交往过的男人,此人的作风让艾玛很有耳目一新的感觉,虽然她的那些至交认为此人"很有意思"。

在艾玛的那些至交中,有谁明确地评点过某人某事?对那些不便下结论的景观,大部分的评语是"很有意思"。充其量其中一位含蓄地问过:"他是不是犹太人?"

例子之一是他们每次约会,他都会将约会地点定在他们各自所在地的中间地带。不论他们坐车或是开车过去,出租车费或是所耗的汽油大致相等。

对此艾玛却有不同看法,上哪儿还能找到这样一个公平的、一板一眼的关系?艾玛喜欢公平。这也是她对过去那些男人隐蔽、伪装出身的原因之一。

也想象不到客人还有这样的本事——当他们渐渐熟络起来之后,如果哪天兴之所至,他会做顿西西里岛菜肴,腰间围着一块大围裙,还真像那么回事,还确实地道。在曼哈顿那种窄小的单身公寓里,这种奉献实属不易,而意大利菜肴的浓烈味道,需要相当长的一段时间才能散尽。如果烹调时忘记关好各个房门、橱门，衣物不小心吸染了那味道，就得拿出去清洗，否则穿着那样的衣物出门，简直就像一盘刚出锅的意大利面条。

此外，看着看着电影或是戏剧，还有小说什么的，当场就会随之沮丧或兴奋起来，不是一般的感慨，而是无遮无拦、原形毕露，非常的情绪化，非常的"意大利"。而艾玛与艺术、文学的关系，顶多算是知识分子必须的修养之一。

这些表现，在某些场合固然使一路同行的艾玛感到尴尬，不过也不十分在意，毕竟纽约是个见怪不怪的城市，纽约人一贯我行我素，制不制约自己，纯粹是个人的选择。问题是当艾玛受朋友之托，带着朋友那只性格孤僻内向的狗，去犬类心理治疗中心做治疗的时候，他却说："这是一只狗还是一位国王？"

称得上聪明绝顶的她，却一脸茫然地问道："对于一个生命来说，狗和国王有什么不同吗？"

这可真不是个小毛病。

好在眼下没有与他共计未来的打算，这毛病固然让她不适，但还不是那么息息相关。

他们就这样轻松、自在，相见也乐、不相见也不会彼此想念，谁也不欠谁、谁对谁也没有什么义务地交往着。对艾玛来说，这是一种相当舒适的交往方式。

奉行中正原则、对中间地带兴味盎然的客人，突然变换口味，居然请艾玛共进晚餐。

就像一条鱼不在水里游动，突然跳到岸上行走一般，让艾玛感到有些超乎寻常。

当然，共进一次晚餐也没什么稀奇，他们又不是没有共进过晚餐，通常都是 AA 制，至于贡献厨艺则另当别论。

可是，如果，她分辨不出邀请与邀请之间的不同，她还算是艾玛么？

不过拿起菜单，艾玛却不知如何选择她的主菜。

其实她很想点一道太平洋油鲽（Dover Sole），或是软壳蟹（Softshell Crab），都是那家饭店的拿手菜，也是她爱吃的两道菜。

问题是，在接受某个男人有了特别含义的邀请时，绝对不可掉以轻心、为所欲为。点过于昂贵的菜，对方可能以为你是贪心之人；点过于廉价的菜，对方可能误会你对他的经济实力有所怀疑。哪儿像一般邀请那样目的单纯、明确，或亲朋相聚、或有所庆贺、或联络情感……即便有所"目的"，也是公事公办，该怎样就怎样，行就行、不行就不行，其后果与你点什么菜几乎无关。

固然有种男人，在关系尚不明确情况下，锱铢必较得让人难以置信，一旦关系确定后，也不一定那么悭吝。

他们呢，至今连床还没上过，说到"前景"，更是无法预测。

这就是与一个有了想法的男人下馆子比之独自一人下馆子的不便之处，何况对方还是一个"感觉"复杂、瞬息万变的人。

事实上，即便对货真价实的情人也得悠着点儿，二人世界的复杂性，怎样估量都不为过。

她只好像热爱股票的人研究股市行情那样，将菜单上的菜目，一一从头看到尾，特别是每道菜下端的几个数字。以便设置一个适当的选择，更是为了磨蹭时间，以保留一个缓冲的空间。

当然不乏装模作样的成分，不客气地说，这是艾玛的拿手好戏。

在菜单上耽搁了不少时间，还是不得要领，看来只好另辟蹊径。

一般来说，这类饭店的领班，经验相当丰富，差不多一眼就能辨出，前来用餐的男女目前处于什么阶段。不如请他推荐一下当日特菜，他肯定会"量体裁衣"，使她在掌握高低上下时，出入不会很大。

当艾玛从菜单上抬起头来，准备请饭店领班前来探讨她的主菜时，她的目光遭到邻桌一位太太的拦截，那位太太招呼道："你好，你好，见到你真高兴。"如此等等。

在这个饭店里，免不了会看到某位影星、政要、财富杂志封面上的什么人,总之是那些所谓有头有脸的人。

所谓有头有脸的人,其实与群居的蚂蚁没有什么区别。

邻桌好像在庆祝某个成员的生日,从桌上的拥挤情况来看,那应该说是一棵枝叶繁茂的树。

太太可能早就准备好了对她的拦截,而艾玛的感觉是根本不认识她,肯定是她父母或祖父母的朋友。艾玛猜想,太太只是为了名正言顺地将与她共进晚餐的男人看个仔细,而后与她的父母、更是与她父母的熟人有得可说。可不是,眼看与她招呼之后,那一桌人就频频地交头接耳起来。

艾玛说:"瞧那边桌子上的一对男女,肯定是在恋爱,你喂他一口、他喂你一口的,如果是对老夫老妻,就该像那张饭桌上的一家,对眼前的一切说三道四了。"

西西里岛上来的男人,一扫方才的灵动、诙谐,突然沉默起来,只剩下饭店的背景音乐——肖邦的C小调钢琴夜曲。

平时艾玛很少注意饭店里的背景音乐,现在有点明白,饭店里为什么要设置背景音乐了。

难怪母亲把无话可谈的尴尬交给了她,过去她对母亲的智商可是估计过低。

"我父亲一听这段音乐就会对我说,'我结婚那天,奏的就是这个曲子'。真让人难以置信,那对号称垮掉的一代,居然对'往日'这样的眷恋,这是不是说明他们老了?还是说,人们的宣言与他们的真实面目,未必一致。"

依旧没有回应。

瞧她,说什么呢!什么恋爱不恋爱、结婚不结婚,真是胡言乱语。

她突然意识到,她可能太随便、太不拿对方作为一个"有所考虑"的男人来对待了,所以才会如此信口开河,又如此直截了当地涉及"恋爱"、"结婚"话题,怕是引起他的误会了。而对大部分男人来说,女人一旦这样直截了当、迫不及待地涉及"恋爱"、"结婚"话题,马上会让自己身价暴跌,让对方退避三舍。

可是，如果，你和一个男人共进晚餐，此人突然变脸，从此一句话没有，那感觉像不像被警察拘留？最后你肯定会丧失神智，开始胡言乱语。

接着艾玛又说："那天在跳蚤市场上买到一条差不多七十年前的 levi's 牛仔裤，收藏价值虽然比不上十九世纪的出品，也算是难得。那个肥嘟嘟的老头儿，当初恐怕怎样也不会想到，levi's 竟会成为牛仔裤的鼻祖，一百多年也不落伍。"

无意中艾玛朝他看了一眼，这才发现，他可不就称得上是肥嘟嘟，上帝知道，她绝对没有挖苦人的歹毒之心。更加无可救药的是，与此人交往了这些日子，她竟然没有注意过他的腰身。

这可真叫累！

除了以此为业的心理医生，谁能一天到晚应对心理分析课？

别说是"恋爱"，哪怕仅仅是上床艾玛也不干了。谁也别想让她为了和男人的那点儿鸟事，无时不在反省自己的每句话、每个行为是否得体；无时不在考虑什么该说、什么不该说，什么该做、什么不该做……

于是艾玛知道如何点她的主菜了。

作为回请，艾玛买了两张音乐会的票子。

可是临到下班的时候，老板却请艾玛留下，说是前不久她为某个影星操办的生日 party，还有些遗留问题需要了结。

这位影星至今不肯交付另一半费用，原因是他认为艾玛设计的酒罐，关键部位不合要求。

最初艾玛为他设计的酒罐，是一只冰制的古希腊兽头。

在欧洲那些小巷子里，随处可以看到这种石质的兽头。泉水从它们的嘴里汩汩流出，水石相击的琮琮声，在沁人的浓荫下、在常常是阒无人迹的老巷子里，不紧不缓地奏动——可不就是欧洲那份老而又老的悠闲、自得绝妙的伴奏？干渴的旅人，也可随时停下来饮用，就此坐在下面的小水池旁、那洇着湿气的石沿上歇歇脚。

艾玛设计的那只兽头，正是受了它们的启发。服务人员可以不断地将威士忌注进兽头后的蓄酒罐，头下装有开关，谁想用酒，只需按动开关即可。从冰制兽头里流出的威士忌，连冰块都不必加了——如果对享用冰块撞击杯子的声响可以忽略不计的话。

影星认为艾玛的这个设计非常新奇，兴奋得像酒精中毒者那样，颠颤着他的头和腿，说他预感到这个生日 party，将会载入名流史册。

可是临到当天早上，他又要求艾玛把那只冰制的古希腊兽头改为他本人，并且全裸。服务人员将不断地把威士忌从他的后腰，注入他的腹腔。谁想用酒，只需按动他那个"小老弟"，威士忌就会从他那个与制造生命有关的小孔中流出。

制作一个与他本人同样尺码的冰人，不要说凿出身上那些起伏的线条和每个细部的难度，就是时间上也不可能。可是艾玛请了最上等的艺工，几乎动用了纽约所有的冰雕艺人，竟然给他做了出来、凿了出来，花费之大可想而知。那些参加 party 的人，哪个没有叹为观止？尤其是那些女人，而且当场就有一位导演，锁定他为下一部影片的主角。

现在他却想赖账了。

众所周知，在这一类人群中，难免没有各种各样奇奇怪怪的事和奇奇怪怪的人，艾玛早就见怪不怪了。

但是这位影星提出，艾玛制作的"小老弟"，与实物相比，尺码出入过大，损害了他的形象，让见过世面的艾玛也大感意外。

虽不能说是恶意诽谤，至少是对她能力的诋毁。

通常的业内人士，一味在掌握各种礼仪，学习、鉴赏、探访美食美酒美乐以及组合它们方面付出过多精力；在场地布置、请柬、音乐、演出、酒菜搭配等方面，大多在所谓高雅、时尚上面做文章；此外还得为将名流包揽到位费尽心机……却缺乏想象力和创造力。

除了这些必备的业务常识、业务关系，艾玛的想象力无与伦比,恐怕再没有人能像她这样,把他们的 party 办得如此独出心裁。

且不说影星的那个酒罐,又比如艾玛为某个暴发户的 party 设计的那个游泳项目。注满游泳池的不是水而是香槟,客人们在岸上已然喝得滚瓜烂醉,又一个个脱光衣服,扑通、扑通地栽进游泳池。有的两条腿竖在空中,把脑袋扎进池底去喝(正式的说法应该是潜泳),有的仰面朝天躺在池上喝(正式的说法应该是仰泳),又是扑腾又是尖叫,一位女士兴奋得甚至晕了过去。party 的盛况,第二天就上了《人物周刊》,着实让那位暴发户大出风头,艾玛的名气,在他们中间也更加响亮。

不过艾玛的服务对象,大部分是那些暴发户、名流、老家族、政要等等,一般人难以承受这样的消费。

而这些群居的蚂蚁又是如此热爱风头,尤其是品位上的风头。

好比有位什么公司的总裁,将他珍藏的名酒,全部放在让人一眼就能看到的几个餐柜里,而不是放在随饮随取的酒窖里;竟然允许电视台"富人榜"那样的栏目,进入他们那栋豪宅,拍摄一切可以佐证他们的富贵的角落。那些出品于二十一世纪的"维多利亚"式家具,别提多么滑稽;还有那些所谓的古董,真让艾玛为那些假古董制造商的前景喝彩;甚至太太的香水瓶子、鞋柜、衣柜等等,这种十分私密的地方,也一一进了镜头,那些跟着时尚走、根本不明白品位为何物的鞋子,别提让人多么恶心了……如果真要攀贵比富……比如赶超伊梅尔达那两千双鞋子,不论从哪方面来说,都得大大提速。不要忘了,人家伊梅尔达的前身还是酒吧女呢。

这些东西如若留在家中独自消受,谁能说个什么!可是拿到公众面前展示,并且告诉公众,这就是人类美学品位的极致,除了对渴望一日暴富的那些人,起到一些望梅止渴的作用之外,也就不能怪人们对它来句"BS"(Bull Shit),甚至伸出中间那根声名狼藉的手指头。

···········

也许他们心里比谁都清楚，他们缺乏品位，不论他们如何吹毛求疵，面对艾玛所谓的纰漏，想到"独此一份"，最后只能无言以对，不了了之。

虽然艾玛经常迟到，并经常与她的客户发生如此这般的不快，老板也只好继续雇用艾玛。

到了这种时候，艾玛就有点感谢她那个耶鲁法学博士的学位。

不论学的是什么，做的又是什么，系统、全面的知识训练是绝对不可少的，所谓一通百通。

说到法学，全美只有耶鲁、哈佛，这就是有些人总是吹嘘出身耶鲁的缘故。是啊，比如，你能说毕业于耶鲁舞蹈系不算耶鲁出身吗，甚而至于那些耶鲁的旁听生。

然而说到耶鲁，只能是法学博士而不是什么舞蹈博士，否则能作什么数？要是再拿出去说事儿，和那位"富人榜"上的总裁有什么区别？

是那种环境系统、全面的训练，使艾玛在不论应对任何场面时，都能如此感觉到位、收放自如；不但使她赢得了这份收入不菲的职业，并在这个职业上独占鳌头。

现在老板居然为了影星的一句诬词，不满意她的工作，还说："事前你至少应该量一量他那个'小老弟'的尺码。"

"关于尺码问题，必要时可以请司法部门仲裁，不能他说什么就是什么。"

"你以为你是谁，雇主吗？既然不是，那就不要计较雇主的说法，应该注意的是，眼前是不是一头有钱的驴。再说冰人早已融化，怎么说得清本人和冰人那个玩艺儿尺码上的出入？"

"我那里还有设计资料为证。"

"与这种人打交道，设计资料又能有多少帮助？"

"照你的意思，我是不是应该辞职？"艾玛十拿九稳，这句话立刻会让老板重新定位他在这场谈话中的位置。

这句话，果真像一枚红箭头，指示出艾玛一路飙升的业绩，又像一只注射器，为老板注射了一支精神病院常用的那种镇静剂。

如历次的交锋，老板又一次品尝了盲目进攻的酸果，说："噢，请不要像意大利人那样喜欢打手势吧。"

从老板这一请求和解的婉转口气，可以想知艾玛不悦到了什么程度。

一般来说，她谈话时手势从来不多；

头部很少摆来摆去；

就座时，双腿从来不像某种女人那样门户大开；

不论她的肢体语言或是语音语调，都不像一只急于交配的四脚蛇……

说不定这正是艾玛每每原形毕露的原因，可是那些自小便深入骨髓的习惯，如何隐蔽得了，修正它的艰难程度，更不亚于骆驼穿过针眼。

对于她自己的职业，艾玛谈不上喜欢或是不喜欢，一天到晚和这些群居的蚂蚁打交道，她在心灵、精神上遭受到的毒害、摧残，未必没有那些参加过越战的人严重，至今她还没有访问心理医生已是万幸。

可艾玛也不希望被解雇，回到家里，靠救济金过活。

她也不打算独立开业，那样的话，需要操心的事可就太多了，而她是个相当懒散的人。

到了如今，尽管许多人都不在意如何解决自己生计的形式，好比那些真正的艺术家，可是艾玛在意。她不想靠救济金过活，不想。比起那些真正的艺术家，艾玛认为自己只能算个麕集在艺术旗帜下的耗子，油耗子，肥头大耳的油耗子。或是树林深处，那些久日无人采撷的烂蘑菇。

对于自由，艾玛主要理解为消费的自由。如果面对琳琅满目的商品，她却不能买回家去享用，那么，自由对她又有什么意义？

所以艾玛从不羡慕暗杀布什的自由，或是抗议布什对伊拉克战争的自由，至于那些抗议对伊战争的人，有多少比布什的目的更为老谋深算；有多少是中东背景或血统；有多少是在表演"前沿人类"……艾玛就不便多说了。而表演"前沿人类"，与总裁夫人的那些鞋子一样，同属时尚。

　　当艾玛终于摆脱这场谈话到达音乐厅时，不用说，来自西西里岛上的那个男人，没有在门厅那里等她。

　　他当然不会等她。

　　再说，你能指望一个纽约的男人，为等待一个约会超过一刻钟吗？就是艾玛自己，也不会为等待与一个男人的约会，超过一刻钟。从西西里岛上来的这个男人，目前虽然还算不上真正的纽约男人，可不妨先一点点地做起来。

　　艾玛攥着那两张票的样子，肯定有些落寞。不是为了没有遇到来自西西里岛上的那个男人，而是为了那两张不大容易买到的票。

　　于是当有个男人前来问道，"小姐，您有没有多余票"的时候，艾玛几乎有点求之不得地回答"是的，我有一张多余的票"，并且当即就把票让给了他。

　　男人高兴地谢过艾玛，而她更高兴那张来之不易的票可以物尽其用。另外，一个陌生的男人坐在身边听音乐，也许比一个认识的男人坐在身边更好。

　　入场之后，艾玛马上到洗手间去方便，离开办公室的时候，已经没有时间处理这个问题。

　　提起丝袜的时候，她发现袜子上脱了一条丝，很宽，蜿蜒直入她的裙底。

　　因为是一双黑色丝袜，那一条脱丝格外醒目。肯定是下车时过于匆忙，腿在车门上剐的那一下。

　　没有客户的时候，或从网上下来之后，作为休息，艾玛时常翻阅那些触手可及的时尚杂志，赏心悦目，又不必多费脑筋。

他们在接待室里，为客户准备了不少这样的杂志，不然，你还打算让那些客户研究博尔赫斯不成？他们会问，博尔赫斯是谁，他长了两个鸡巴还是三个鸡巴，值得你向我这样推荐？

不少时尚杂志上，都有版本虽不相同、内容却八九不离十的时尚测试，比如：什么时刻你感到最为尴尬？

每每看到这样的测试，艾玛都是会心一笑。对于这个问题，有谁能像她这样有足够的发言权。

比如，如厕之后却发现手纸用完了，而盥洗室的杂物柜里竟没有储藏着哪怕一卷。更别指望89街上的住房，会为房客准备一只可供便后盥洗的马桶；

或在一个需要装模作样的节骨眼儿上，比如现在，袜子脱丝；

或在某个五星饭店的大堂里等人，落座之后突然发现裤子前门的拉链忘记拉拢，坐下去也不是，马上起身去洗手间也不是，一时又难以找到一个隐讳的办法将拉链归位；

或在某一盛大 party 上，服帖如皮肤般紧贴在身的晚礼服内，乳罩扣子突然脱落，翘楚楚的乳峰顿时塌陷为贫瘠的盐沼泥漠，凡此种种，不胜枚举。

尴尬归尴尬，可别指望艾玛像个假冒伪劣淑女那样容易脸红，纽约早就把艾玛调教得处变不惊。

她大模大样地回到座位上，丝毫没有为袜子脱丝局促不安。

再说，扭头就会与这个可能注意到，也可能没注意到这双脱丝袜子的男人分道扬镳，谁会在意一个再也不会相见的人，对自己的印象如何？

"如果不是您让给我这张票，我真不知道如何度过这个夜晚。"他的英语带有浓重的口音，一个字、一个字，像从很高地方砸下来，而那些字的自重量也很大。

"您不是当地人吧？"

"我是德国人，来这里参加一个医学方面的会议。会议已经结束,晚上又没有什么安排,所以出来走走。"

"哦,您是医生?"

"一个很枯燥的职业。"

哪个职业不枯燥呢?"这么说您不喜欢这个职业了?"

"不,我当然喜欢。"

他目光炯炯,是有什么东西可以热爱才有的那种目光。

"您是哪一科的医生?"

"外科。"

艾玛看看他,"不像。"

"您以为外科医生该是什么样的呢?"

"比如说,比较粗壮、高大等等。"

"是从电影里得来的印象吗?"

"啊哈。"这就算是她的回答了,意外的是他也没有接着问她什么,让艾玛很放松。

音乐会开始了。

怎么回事?!

肥皂。

那十分特殊、淡薄到似有似无、干燥爽冽的气氲,除她而外还有谁能嗅到,而且怎么可能出现在这样的地方?

她左顾右盼,却原来近在咫尺。

正是从他那里来的。

此时、此刻、此人,真像那块刚刚打开包装,却还没有使用过的男用肥皂。见棱见角,品牌的文字说明清晰可见,品位地道,未加任何多余的香料。

可这种肥皂未必存在,它不过是经常出现在艾玛想象中的一种肥皂。不信就到肥皂专卖店去找一找,更别提超市那样的去处。要想找到,除非返回时光的隧道。

艾玛舒心地嘘了口气。

幕间休息的时候，德国医生问艾玛："我能不能请你喝杯什么？"

医生显然受过地道的绅士训练，知道如何呵护女人，却又绝无急于推进的企图。

"为什么不呢？"

因为和老板谈话，耽误了吃饭，艾玛有点饿，就要了一份热饮料，而德国医生要了一杯咖啡。

他们站在音乐厅的回廊上，一面喝着手里的饮料，一面着三不着两地闲聊。

聊其他的歌剧，欧洲货币的统一，东西德合一后的问题，以及马蒂斯最近在纽约的画展……

"您不觉得，眼下的德国人，与东西德合一前已经有所不同？"

"您指那些方面？"

"嗯……比如说信誉、守时、社会公德、工作效率等等。"

"比之从前，我也觉得德国人有了变化……记得某位社会学家说过，战争的侵略并不是最可怕的，更可怕的是道德上的腐蚀和侵略……不过这也不仅仅是哪一方面的问题，堕落总是比向上攀升容易……您说呢？"

…………

"太好了，不过我还是喜欢多明戈。"德国医生说。

"什么？！"艾玛觉得他不够公平，"他们都很了不起，只是风格不同，只是帕瓦罗蒂不如多明戈英俊而已。"

艾玛有些为与帕瓦罗蒂同台演出的人懊丧，那些人其实都唱得不错，可是帕瓦罗蒂大嘴一张，顿时就把所有的人挤到一边去了。他的音乐似乎自天而降，并非来自舞台，涨满空间的每一寸、每一分，紧紧地缠绕着她、包裹着她。如果有人不相信爱情，这一会儿可以相信；如果有人没见过太阳，太阳此时就升起来了……也许这就是帕瓦罗蒂的伟大，也许宗教最初打动、改变艾玛的，首先是由于那如从天而降的音乐……艾玛自己也常常觉得不可思议,如她这样的人,居然还相信上帝。

休息的人们摩肩接踵,时而有人不小心碰到她的后背,德国医生总是替撞了她的人说句"对不起",也有人回转头来,再向他们投来一瞥,可不,按照古典标准,他们看上去是相称得让人眼睛发亮的一对。

…………

总之,艾玛的感觉是来到一个老派舞会上,与这位德国医生翩翩起舞。虽然德国医生与西西里岛上那个人同样来自欧洲,但是他的手势示意明确,让她知道什么时候应该前进,什么时候应该后退。

音乐会结束时,座椅乒乒乓乓响个不停,在听过这样一场音乐会之后,这种乒乒乓乓的声音,真让人扫兴。

"这些人怎么那么着急? 人家还在谢幕呢,真不礼貌!"艾玛说。

"典型的美国人。"他说。

"你是说典型的,还是说愚蠢的美国人?"她问。

"都一样,同义词。"

艾玛会心一笑。

散场之后,音乐厅外等着要出租车的人很多,他们等了很久也没有要到。好不容易等到一辆,德国医生提出:"只好你我同搭一辆,先送你,再送我。"

怎么不说,请你先用?

恰到好处与多出那么一点很难区别,但不是不可区别。在艾玛那个私人生活圈子里,对于那么一些人、在那么一些时候,这种尺度是万万不可错乱的, 这是为数不多的人才懂得并遵守的一种规则。

此时此刻似乎就多出了那么一点。

这多出的一点让艾玛稍稍感到一些意外,不如说凉意顿生。

送她回家的路上以及到达之后，这个夜晚会不会有个落俗套的收尾？这种收尾，在一个灯红酒绿的大都市里太常见了，可现在不是时候，不是。

但她不得不回答说："好呀。"

既然在纽约混了十多年，什么场面没有见识过？艾玛在意的是刚刚享受到的一段时光，果真为时不多。希望医生在音乐会上的表现，不只是绅士教育的实习课。

说着他就为艾玛拉开车门，请她上了车。

音乐厅里的和谐突然飞逝得无影无踪，他们似乎都感觉到，一种无法言说的猜疑凭空而起，这猜疑看似无足轻重，却使他们感到深深的不快。沉默重重地落在他们中间，将他们僵硬地凝固、阻隔在可望却听不见彼此声音的两岸。

车快驶近艾玛的公寓时，她拿出钱夹，准备付她那一份车费。一个"两毛五"俗里俗气地从钱夹里掉了出来，掉在她的脚上，在脚面上轻轻一击。她想到自己这样做的俗气，又觉得眼下这俗气的必不可少，说不定正是这一点点俗气，挽救人们于尴尬之时。

终归的，又有些不当了的一个刹车。汽车停了下来。短暂的静默，如一段意犹未尽的文字，一种性质不明的遗憾，却又没有使人穷尽的意趣。

可是形势突变，医生似乎撕裂了将他们凝固的沉默，越过对岸，重新向她走来，轻快地说："不，不，让我来。"

"你肯定吗？"艾玛似乎随意地问，但拉紧的声带怎能逃过一位医生的耳朵。

他突然大笑起来。真不相信音乐厅里那个温文尔雅的人，现在会这样无所顾忌地大笑。是在庆祝他的胜利吗？

接着他说："我的英语虽然不好，但还是听懂了，我非常肯定。"

难得不好意思的艾玛不好意思了，有点虚张声势地跟着笑了起来。

医生下了车,来到艾玛车门这一边,为她拉开了车门。

一扫方才欢庆胜利的不羁,只是默默地伸出手来,与艾玛的猜疑毫不相干地、静静地微笑着,等着艾玛的手。

艾玛当然不会误会,那是告别的仪式。

那顿生的凉意,就在他等着她的手的一瞬,消散了。

这安静来得如此跌宕起伏,又静谧得使她听到夜空中一颗彗星的滑行。

有那么一会儿,艾玛一动不动地仰望着星空,身体轻盈得似乎在不断升腾,简直要随那一闪而过的彗星去了。

医生放下自己的手,也抬起头来,久久地仰望着夜空。

…………

然后他们相视一笑,这时艾玛伸出手来,握了握他的手,有些歉意地说:"那好,祝你一切顺利,在纽约玩得好。"

他们就这样告别了,互相都没有打问、也没有打算留下彼此的姓名、地址和电话,却留住了陌生,留住了距离,留住了长久的、无须言说的相亲相知。

艾玛于他,永远是一个袜子脱丝,还有那么点虚张声势、小里小气的女人。

而他于艾玛,永远是一块刚刚打开包装,却还没有使用过的男用肥皂,干净、整齐、地道,未加任何多余的香料。

2003 年 2 月 28 日

5 月 18 日定稿

玫瑰的灰尘

——也说玫瑰，在它如此盛开的时候

想不到终有一天，大大小小的"灯"会在生活里扮演一个角色，而且是个不小的角色。

露西从来心不在焉，总会忘记很多事，如今却沦落到怎么也忘不了回家先开灯这件事。

她张着双臂，手指一个不漏地掠过各个房间大大小小的台灯、壁灯、吊灯、射灯，包括门厅那里门灯的开关，将那些灯盏一一开将过来。

这套坐落在第五大道拐角，算不上太大，也不算太小的公寓房，顿时就显得热闹起来。虽然只是"显得"，也比没得可以"显得"的好。

看着那些亮起来的灯，露西的嘴角，不易察觉地吊了一吊。即便无人在场，露西也不会显露自己的败势，或者不如说，即便独面自己，也拒绝承认下坡是不可避免的。

而灯盏，从不多嘴多舌。

她摘下帽子，甩了甩依旧不见稀少的头发。一种生就的、连她自己也不曾察觉的高睨孤介，在那对老粉钻耳环的闪烁中，极为短暂地露了一脸。由于混杂在万缕光闪之中，那难得一现的高睨孤介，很容易被误认为是那片光闪中的一缕。

如果没有什么场合，露西并不喜欢佩戴首饰，甚至不会经意自己的衣着，如果走在大街上，谁也不会从她的衣着猜出她属于哪个阶层。露西不喜欢把名牌贴在身上，根本不在意有人对牌子,也就是对钱财的尊重超过对人的尊重,何谈对个性的尊重。真遇到一只只识金知玉的眼睛,露西只是笑笑。

安吉拉说:"这是因为你知道自己有钱,不但有钱,而且还是些'老'钱。"

可不,不论露西穿什么,都穿得理直气壮。

说起来可能让许多致力于外包装的人士气馁,不论多么昂贵的包装,总是有价可询。泡沫时代,一夜暴富不再是神话,包装出一个富豪或出入豪门的太太,何足挂齿。然而,不论何时何地,那种如入无人之境的自如、淡定,而不是财大气粗的骄横,却是多少钱也买不到的。那些服侍人的人,尤其识得这一点,安吉拉对此深有体会。

粉钻耳环不过是祖母的遗物,祖母去世前握住她的手久久不放,并把这副耳环留给了她,虽然祖母那时已不能多说什么,但显而易见她是心有所托。露西不知道祖母为什么偏偏疼爱自己,据说因为她最像祖母的做派,例子之一是当年祖母驾一辆马车穿过荒原,送重病在身的丈夫远去求医的路上,独自一人,用一杆长枪干掉了拦路的狼群。

作为回报,露西不得不时而担负一下祖母的这份重托。

晚上的聚会,无非是慈善机构的例行年会,没有这样的聚会,她难道就会推卸自己的责任吗?! 露西打了一个哈欠,想,为一个什么聚会而不是为自己的高兴装扮自己;在陌生的、熙熙攘攘的人群中挤来挤去;与并不愿意与之握手的人握一握手、甚至吻一吻并不想吻的脸蛋儿;说一点不着边际的应酬话;吃一点大路食品;喝一点不冷不热的咖啡……好不无聊!

她打着呵欠,再次环顾大大小小的灯。

不知从什么时候开始,同样瓦数的灯,渐渐地也就觉得不够亮了。

然后换上居家的衣裳,看了看脱下的那套黑色晚装,神色漠然得就像它们方才没有为她效过力。随手把丽丽·庞斯的 CD 盘放进音响,气若游丝、轻若蝉翼的纯净高音,回旋在每一处角落,这是她们那个时代的歌声。丽丽·庞斯早就不在了,谁都会不在。如今,除了会抖搂浑身那摊赘肉的布兰妮,就连惠特尼·休斯顿、麦当娜也是明日黄花了。

那时候她还年轻,爱歌声、爱锦衣玉食……总之是天马行空地及时行乐、及时享受,却从来不像许多同代人那样,爱热闹、爱等待,好像那时就知道,人这一生等待的,不过是自己制造出来的一些符号,更不会将获得享受的可能,依托在他物之上。

又煮了一壶咖啡,刚才在聚会上喝的咖啡能叫咖啡吗!

是有点晚了,可是她有那么多觉要睡吗?

房间里顿时弥漫起咖啡的香味,她就喜欢包裹在咖啡的香味之中,真比包裹在香水的气味之中更为惬意。从从容容地给自己倒了杯咖啡,溜溜达达到了窗前,坐在宽大的窗台上向外望着。

年年岁岁都是这番景象,永远的车流、灯光,可是还能看。

第五大道上圣派特力克大教堂的尖顶遥遥在望,安吉拉和大卫就在那里举行的婚礼,过不了几天,汪达也要在那里举行婚礼,不用猜,又是安吉拉的主意。

安吉拉美艳如南方的阳光,她的色调也像她的画作,属于大刀阔斧、浓彩重墨、非此即彼、绝对不肯含糊的后印象派,而大卫最为推崇的就是后印象派。

自然也像后印象派绘画那样,免不了"装饰性"。如今连出租车司机都识得凡·高那个"向日葵"的符号,他的行情好到这个地步,不是没有道理。至于塞尚和高更在圈子里的情况,恐怕也差不了多少。

也就难怪安吉拉会把上流社会那些习俗、礼仪,当回事来把握,说是追求极致也无不可。

比如不惜重金到交谊舞学校学习交谊舞;

苦练钢琴;

拿本眼下众所周知的书，坐在客厅的小沙发上或是室外的树荫下读一读；

等等，等等。

凡上个世纪前二三十年，老式英国家庭还在继续坚持女孩必须修炼的那套本领，安吉拉可以说是一项没落，虽则她与这种家庭没有一点瓜葛。

下午，从学校回来或是家里没有客人的时候，头上常常顶着一本书练习走路，以求练就一副行走时上身纹丝不动的文雅模样。

那麻木不仁的书本，却不念安吉拉的一番苦心，不时从她的头上掉下，随之是安吉拉所欲不得、或欲速则不达的尖叫。按理说，经过一段时间之后，这种尖叫该是习以为常，但还是让凡事见怪不怪的露西猛地一惊。

露西就想，那些淑女教科书真是害人不浅。

如果淑女教科书真有那样大的本事也就好了，问题是世上没有任何一本教科书可以包罗万象，总有挂一漏万的地方。

偏偏那些细节过小，又由于无处不在、防不胜防，难以掌握到不但让教科书绝望，更让修炼它的人绝望。

上个世纪下半叶，英国人对前苏联 KGB 一起间谍案的破获，让处于世界领先地位的前苏联 KGB，很长一段时间摸不着头脑。其实事情非常简单，那位混入英国籍的前苏联 KGB 横过马路时，为确认过路安全，按苏联汽车靠右行驶的习惯，先看左路来车再看右路来车，而英国汽车是靠左行驶的。这种经生活环境长期调教、深入肌理的细节，怕是无法改变的了。

也就难怪那些教科书培养出来的淑女，经常会在某些细节上露出破绽。

应该说安吉拉的功课做得有模有样，在他们那群一同长大的孩子中，没有谁比安吉拉更像他们那个圈子里的人了。

间或在非常小的细节上露一回馅儿，不过无伤大雅。好比说直到现在，喝汤的时候，举勺的手腕到了眼前总是忘记往里转，将勺尖送入口中，而是把勺子就势横在嘴边。试想，那样阔长的勺边，在不可对众大咧牙膛的情况下如何送入口中？如要把汤吃进嘴里，只好吮吸，即便控制得再好，也难免吸吮的动静。

只能戴在中指或无名指上的宝石或钻石戒指，却像极尽个性张扬、装饰性的戒指那样，不伦不类地戴在食指、拇指、小指上扮酷。

…………

露西早早准备好了礼物。

这份礼物颇费思量。本来想买一套"梯凡尼"酒具或是别的什么，可是"梯凡尼"也渐渐成了大路货，怎么能送汪达。如果给安吉拉买礼物就会容易得多，只需在法国 Baccarat 水晶系列中选一套皇家系列的 Harcourt，或是极尽奢华之能事的 Masseua，一定深得她的喜爱。再不，一套不厌其烦的爱尔兰水晶 Waterford 也行，可以让她摆在餐厅的橱柜中，以供鉴赏。

英国瓷器 Wedgwood 呢，同样老气了，好在最近有了新的设计系列 Nickmunro，尤其是那套黑色系列，简约、粗陶的质感，不要说汪达，连她自己也喜欢得不得了，如果不是如此厌烦琐碎的生活，露西肯定会为自己买一些。可惜什么事都不能两全……

其实什么时候想念它了，就到橱窗前头看看，又何必据为己有，就像奥黛丽·赫本主演的那部电影《梯凡尼的早餐》——只好这样开解自己了。

想来汪达定会喜欢，却不知安吉拉看了会说什么，安吉拉对礼物是很挑剔的。

有一年圣诞节，安吉拉对她抱怨说："这个圣诞节，我已经收到三件卡什米尔毛衣了。"

那时露西还年轻，年轻的露西回答说："你当然不会指望这些圣诞礼物来包管四时替换、打发日子吧？"

那时父辈的人们还在世。

能指望那一代人有多少创意？父亲像这种家庭里的所有父

亲一样，从不过问家政，只在餐桌上轻描淡写地关心一下他们各自当前的主题，以及在他们的生日，或是圣诞节送些奢华的礼物，以示他的关爱。那些礼物都是一进商店，看也不看，只需奢华就买的。也就难怪他们每人都有十多件卡什米尔毛货，加起来足够开间卡什米尔店，或是风格雷同、毫无特色可言而又价格不菲的首饰。男孩子们则是鱼杆、高尔夫球杆、烟斗之类。

好在父亲还说得出他们届时上的是中学还是大学。

至于母亲的礼物，就像登机牌，完全可以从她送的礼物，看出这个人在母亲心目中的位置，A39或是B41，经济舱还是头等舱。

对安吉拉自然不会如此，但漫不经心是肯定的。如果母亲不是这样漫不经心，相信安吉拉也会收到称心如意的礼物。

喝完咖啡，露西给街角的超级市场打了一个电话，让他们送些蔬菜、水果、牛奶、果汁、面包来，特别是鳄梨，那是安吉拉的最爱。"新鲜的。"露西特别叮嘱。

"要不要现在就给您送点什么？"超市里的接应员问。

"不，谢谢，后天吧。"

这就是住在城里的好处。

当初她建议安吉拉他们住到纽约来，安吉拉不肯，非要跟着大卫住到缅因州去，说那里是最早的英国移民登陆地，满眼看不到一个有颜色的人云云。

如果没有第五大道拐角这套上代人留下的公寓，露西肯定会到上西区租一套房子。虽说由于三十年代有色人的大量迁入，富有人家纷纷搬离上西区，露西却不以为然，上西区有多少又气派又漂亮的老房子啊。那些有颜色的人，与你住在一栋漂亮房子里的惬意生活何干？

为了什么事情，他们不时会从缅因州来到纽约，除了照例的三人会面，安吉拉总会有一次与她单独的约见，谁让她们是两小无猜。可是那些见面计划，没有一次能够顺利实现。

事到临头，热烈盼望会面的安吉拉，而不是不怎么热烈的她，肯定会打个电话过来："很抱歉，"安吉拉不说"对不起"，而是书面语言"抱歉"，那些淑女教材真是功不可没。"请原谅，我不得不更改计划，大卫说他要和我有一个特殊的夜晚……"

或是："我差点忘了，大卫送给我的那些'伊丽莎白'美容店的礼券还没有用出去……要不我们不去林肯中心听交响乐，而是到美容店去刮腿毛？ 六十块钱一次的消费，想必不会太差。"

难道真有什么必要，用这些零七八碎来展现一个女人的生活品质吗？

露西没有什么远大的抱负，也许和住在纽约有关，看看画展、听听音乐会、看看演出……纽约有那么多让人可去的地方，每天都不会虚度。

不过谁又能说做一名残智儿童学校的老师不是一个远大的抱负？ 谁又能说得清楚，到底那些孩子智残还是自己智残。

如今露西早已退休，教过的那些孩子也早已各奔东西，可是，说不定哪个情人节的早上或是圣诞前夕，公寓楼下大堂服务台那里，就会有留给她的鲜花或是巧克力，大部分是廉价商店里的东西。

除了牙齿还没长全的那个年龄段，露西基本不吃巧克力。可是这份廉价商店的鲜花或巧克力，总有好长一段时间被她放在壁炉上，与她自己才知道有什么特殊意义的纪念品放在一起。

退休以后，露西又在教堂做义工，义务教授那些新移民英语。

已经是春天了，圣诞卡居然还摆在壁炉上。

露西一一敛起那些过时的贺卡，竟有些不舍的意思。这个办法多好啊，寄张贺卡，既表达了记挂，又言简意赅。

比写信好，比打电话更好，话一多就免不了露馅，露出日子的勉强或别的什么。再不就得把声音提高几个分贝，以示心情好得就像你暗恋已久的女人，终于答应做你的新娘；或警方终于查明夜间给了你一枪的人是谁,而他之所以如此,只是因为你比他多长了一颗奇怪而丑陋、从而吸引了众多目光的门牙,你只消将那颗奇怪而丑陋的门牙拔除,从此即可免除再受袭击的可能,事情其实就是如此这般的简单,世界其实就是如此这般的无奇不有……

可是互寄贺卡的人越来越少了,开始是旧人之间越来越淡,淡到每年一次的圣诞卡也免了,后来是一个个地回到上帝那里。

不过总得找出一件礼服,穿去参加汪达的婚礼,还有婚礼之前她们三个人的那顿午餐呢?

安吉拉肯定会选一家上等馆子,可惜还没听说哪里有六星级的馆子,如果有,安吉拉肯定不会放过。

她一一拉开衣橱的门。

那些随手塞进去的、连包装都没打开过的袜子、内衣、丝巾、皮带什么的小零碎,立刻从衣橱里滚了出来。还有衣服呢,她简直不相信自己买过这么多衣服。

多久没有打理这些衣橱了?有些衣服看上去根本就没穿过,更有些衣服让她莫名惊诧,特别是一件樱桃红的上衣,艳艳地扑进她的眼睛。

从小到大,她也好、母亲也好、姐妹们也好,有谁可能去买一件樱桃红?除了安吉拉的母亲南希,南部人大都喜欢抢人眼目的颜色。

南希和南希的母亲都是家里的女佣,后来就像是家里的一员。南希去世的时候,母亲还操持着为她买了块墓地、送了葬,老房子里也有了安吉拉的一间卧室。

那时候她和安吉拉都还小,她们一起上学;一起上教堂;做完晚间祈祷后溜到彼此的房间里说长道短不睡觉;不到十六岁的年龄就一起溜出去会男朋友……

安吉拉长大后,便不再是家里的女佣,好像家财万贯人家的子女那样,做了不能赚钱的艺术家。

露西到厨房里拿来装垃圾的塑料袋,把那些让她莫名惊诧、从未动用过的衣物,一件件往里装。将这些衣物送到"救世军"那样的慈善机构不是很好?

怎么会买这样的东西?这件事让露西想得脑袋疼。

可不是,有一段时间,她就是疯狂购物。

那时候,不管需要或是不需要,只要见商店就进,进去就买。

女人们一旦开始疯狂购物,一旦衣橱里塞满了这些没用的东西,一定是有了大危机,现在露西非常白这样的事了。

不是没有看过心理医生。她不像别人那样,能够对着心理医生滔滔不绝,而是心不在焉地沉默着。

除了面对那些智残儿童,她好像对谁都很封闭,这也许是她偏爱智残儿童学校那份工作的原因?

可她照旧去看心理医生,不管心理医生怎样苦口婆心地诱导,她照旧固执地沉默着。好像学生时代按时上学校,尽管她未必喜欢上学。可是,一个人既然生到世上,又得长大成人,学校怎能不一个个地接着上?不然还叫长大成人吗?

不,当然不是因为失恋,难道她爱过谁吗?几乎就没有认真地看上过哪个男人。有过短暂、淡味,有也可、无也可的几段同居生活,却始终没有一个合法的丈夫。在上世纪四十年代初期,这种行为可谓新潮。

也许因为理论上十分明白,爱情、婚嫁都是很复杂的一回事,露西属于最不愿意麻烦自己的人群,不论出于什么理由的麻烦。

都以为露西一生没有结婚是因为大卫,恐怕大卫也这样认为吧?要不安吉拉为什么会在门厅的暗处对她说那些话?

真是千古奇冤。

不过露西也不想解释。

她一一浏览着那些老衣服,除了刚才装进垃圾袋的、那些非常时期买下的衣服,她已多年没有正儿八经地买过衣服了。

那些老衣服，每一件差不多都连着一个她自己才知道的故事。

那里，幽冷幽冷的一袭深色宝石蓝丝绸礼服，倚在角落里默默地向她凝望，真像冷丁在哪个僻静小饭店里的故友重逢。灯影惨淡，人迹稀落，相对无言。

可惜配套的、长到肘部的手套，第一次穿着它的时候就丢了。丢在哪儿了呢？不是没有寻找，就是没有找到。

也许因为这个原因，露西再也没有穿过这件礼服。

她从衣杆上把礼服取下。

不慌不忙，一件件脱下身上的衣服，然后轻轻拎起那袭礼服，慢慢从头上往下套。毫不费力地就把礼服拉到腿下，她的体形并没有多大变化。

对着镜子转过身来，又转过身去。

体形固然没有多大变化，可是昔日凹凸有致的窈窕淑女，却变成了眼前的这段风干肠。

果然是面好镜子。

露西未尝不知道自己老了，可这景象依然让她惊慌失措。

很久以来她几乎不照镜子，现在可不就是自讨没趣。

丽丽·庞斯还在唱。

在丽丽·庞斯的歌声里，露西缓了一口气，然后不屈不挠地抬起头，固执地向镜里望着。

这袭礼服实在美妙，她敢担保到了现在还是独一无二！

那个时候，露西和母亲的衣服都找裁缝定做，或是由高级设计师设计，一个样式只有一件，手工制作。或是由设计师和订衣人一同设计，手工制作，露西在这方面不但极有品位，还有许多奇思妙想。

随着年龄的增长，露西越来越走向反面，除了进出一些场合，不但诀别了服饰上的这些精致，连名牌也不肯上身，脸上也没有了脂粉。对此，她解释为成长。

穿过岁月，露西重又看见当年自己穿上这袭礼服的模样。

裁缝在肩胛骨下交叉了一个别致的结，将她那本就无与伦比、目中无人的脖子，衬托得更加让人心悦诚服。又选用颜色相同的丝绒，在礼服的不同部位，利用丝绸与丝绒的光差，做就了这再也找不到第二件的礼服。

更漂亮的是她的肩，那是真正的"法国肩"。既不过分骨感又不过分丰腴，两可之间。在这种肩上，两种极端的审美观大概都不会再各执一词。尤其两条锁骨旁的下滑处，滑出多少适可而止的销魂！那是为数不多的人才能领略的一种性感。

世界已无可救药走向粗鄙、流俗，连肉感与性感的界限也分不清了，以为只要掌握妓院那点伎俩，将两只巨乳以至私处袒露得越彻底就越是性感，即便所谓的上流社会也不过如此了。

露西还记得，晚会之后，当她在门厅那里与主人告别的时候，大卫目光迷离地对她说："这件礼服看上去真有品位……"

大卫的话还没有说完，安吉拉就拥着大卫尽快离开了门厅。很久以后，露西才明白，门厅那里果然是个是非之地。

不意间撞见他们接吻是在那里，只是安吉拉吊在大卫脖子上的样子有点儿怪，一副死乞白赖；安吉拉与她的交心之地也在那里……

婚礼结束后，新娘安吉拉从舞会上溜了出来，把露西拉到门厅的暗处，真假不知地对露西说："亲爱的露西，请原谅，我知道你也很爱大卫。为了我们的友情、为了你，多少次我都想放弃大卫……也不是没有做过这样的尝试，可是我太爱他了，真是无法割舍。"

没想到露西竟瞪着那对麋鹿样的眼睛回说："你不是开玩笑吧？我从来没有爱过大卫，我们不过是一起长大的玩伴，更有彼此家庭的历史关系。"

真是滴水不漏。

他们这种家庭出身的人，永远不会喜怒形于色，更不会露出狼狈之相，即便灾难临头，要是慌乱中踢了谁人一脚，也不会忘记先说一声对不起，然后再去寻找逃生的门路。

露西的淡漠，曾有一段时间，让安吉拉对自己的婚姻产生了怀疑。

想当初她并不十分爱恋大卫，如果不是为了与露西一争高低，她可能会选择别的人。

请露西当伴娘，除了两小无猜，自然也是出于这个动机。

如果露西从未爱过大卫，她的牺牲值得还是不值得？

不过除了"这件礼服看上去真有品位……"大卫也没有打算多说什么。

露西的父亲兼并了大卫父亲的银行，也就是说，她比大卫有钱，将来还会比他更有钱。

三十年代是个不景气的年代，如果露西的父亲不兼并大卫父亲的银行，露西的父亲可能就会被别人兼并，甚或至于稍晚一步，被大卫的父亲兼并也说不定。

大卫不怎么在乎钱，他在乎的是家族银行在兼并之前和兼并之后的周边关系有什么不同。这种关系虽然不是钱，却是钱的衍生物。就算他们不承认，他们周围的人也会这样认定。

而老英格兰来的移民，大部分以此包装自己的尊严，决定自己的言行。

谁让他们是一起长大的！露西知道，大卫从不相信准艺术家安吉拉常常挂在嘴上的什么我行我素，不在乎他人什么看法的蠢话。在大卫看来，我行我素是社会赏给你的、有范围的、让你可以炫耀、可以自欺欺人的那点雅兴。

读大学之后，他们都离开了家。只在万圣节或圣诞节的时候，大家才回老家看看。

毕业以后露西去了法国，以为在那里可以遇到一个不那么美国的男人。那时，欧洲的男人还不像如今的欧洲男人那样，害怕结婚、害怕生孩子；把喜欢结婚、生孩子的美国男人称之为农民。

可是她发现,法国人矫情得简直像个戏子,她怎么能和一个戏子论及婚嫁?

只好游手好闲、冥顽不化,与周围不屈不挠到底了。

归国之后,就在政府的残智儿童学校,找到一份没有多少收入的教师工作。

安吉拉是自由职业者,大卫却有一份收入多少不计的工作,算是各奔前程。

随着老一代人的故去,老房子变卖了,各自在自己喜欢的地方买了房子安了家。

几年之后大卫娶了安吉拉,露西猜想,或许大卫就是为了证明家族银行虽被兼并,却不能影响自己的什么。

他对安吉拉的爱到底有多深?可能他更爱的是"一口气",或者说是借题发挥。

那一代人多傻啊。

好吧,就选这袭礼服参加汪达的婚礼,至于他们三个人的午餐,刚才脱下来的那套黑色衣裙不是很好嘛。

黑色是永恒之色,也是最省事的办法,什么场合都能应付。在各种聚会上常常可以看到这样的景象,几乎所有的女人都是一身黑,像是穿了哪家女校的制服,所不同的只是加个不同的胸扣、耳环什么的。

本来大卫将下榻之地定在希尔顿旅馆,可是安吉拉说:"亲爱的,你不觉得希尔顿旅馆像个塑料盒子吗?我是为你着想,不然你会感到种种不便。记得我们在巴黎,不也是先在这种新式饭店住下,后来不得不搬到凯旋门附近的拿破仑饭店?我知道纽约附近有家不错的旅馆设在古堡,饭食也不错,有几间房子临窗还看得到哈德逊河。"

安吉拉不说由于她对情调的注重,大卫在巴黎被旅馆一事折腾得六神不安。

安吉拉也不说她准备用这个古堡，给那个准孙女婿一个下马威。汪达怎么会要这样一个三等流行歌手？站不懂得如何站、坐不懂得如何坐；像动作演员施瓦辛格那样，连舌头怕都变成一块三角肌的、高头大马的男人，唱起歌来却哼哼叽叽、拧来拧去，活像一个同性恋。

大卫居然与他谈笑风生，还请他一同去看赛马。路上，大卫说起他最钟爱的一匹赛马，那个三等流行歌手竟然问道："那是一个球星吗？"

大卫回答说："不，那不是一个球星，那是一种男用药丸。"

为此，很长一段时间汪达不让大卫亲吻她的脸颊。直到大卫下一个生日的时候，汪达才把她的亲吻，当做一份生日礼物送给大卫。

可是大卫用他的烟斗抵着汪达的脑门说："亲爱的，你不打算把这一道甜点留到饭后吗？主菜可是还没上呢。"

安吉拉并不看好汪达的婚姻，想必大卫同样不看好这桩婚姻，可他从来不说什么。即便她提起三等流行歌手的种种不堪，他顶多皱皱眉头。不过要是汪达的父母不说什么，他们又何必多说什么？汪达不知从露西那里得到什么真传，有关自己的私事，也是滴水不漏。不知和露西谈不谈，她不好问。她知道儿孙辈有那么几个人，都与露西千丝万缕，与她却生分得很。至于露西如何对待孩子们的那些问题，她倒不是那么用心。

如果安吉拉知道就在前几天晚上汪达还给露西打了那样一个电话，肯定又会上心。

"对不起，这样晚打电话……我只是心神不定。"听上去已是烂醉如泥。

想必已经上了主菜。

"你现在在哪儿？"

"格林威治村，咱们常来的那个酒吧。"

"你等着，我这就去接你。"

比起那个朱丽娅·罗伯兹，汪达算是顾全大局，没有在婚礼上来个逃跑的新娘，而是婚礼前的几天就不想干了。

"……那就不结，毁婚也没有什么大不了的。"

难怪汪达与露西无所不谈。除了露西，家里人谁能如此这般地为她，而不是为一个婚姻考虑？恐怕大卫也不行。

露西对待婚姻的这种态度，不是一时心血来潮，应该说是由来已久。想当年就策划、鼓动过只知跑美容店和 party 的母亲和父亲离婚，那样一位讲究物质品质的母亲，居然闹到和父亲分居的地步，后来因为换了几个住处，都找不到楼上她自己那间卧室的感觉，便又回到了家里。父亲也没说什么，就像她出走时也没说过什么一样。

即使那样的局面，也无法使露西相形见绌：在一个什么宴会上，一桌子的人，个个无名指上套着一枚婚戒。只有露西，十指光光得十分可疑。偏偏有些女人喜欢向露西展示自己那笔"财富"："这是我的丈夫。"忘记已经做过介绍。露西也不说什么，就那么嘻嘻着，将她们的"财富"再次一个个地察看过去，嘻嘻得那笔"财富"心里发虚，嘻嘻得那些女人顿时面临破产的尴尬。

"可是祖母安吉拉会闹得天翻地覆——所幸现在没有溴盐壶了——而不是我的准丈夫……作为一个女人，一辈子不结婚是不是很困难？"

"结婚就不困难吗？"

"真拿不准啊，如果是你怎么办？"

"比较简单。"

从汪达嘴里发出一声又一声醉醺醺的叹息，"我没你那样洒脱，只好先试试，不行再说，别告诉他们啊。"

"当然。"

对于安吉拉坚持下榻古堡的事，像他们生活中许许多多零七八碎的事情一样，都以大卫的让步作为了结。大卫也好，露西也好，糟就糟在可有可无。他们谁都不会像安吉拉这样，为一个谈不上目的的目的，如此坚持不懈。他只是提出："好倒是好，就

一 生 太 长 了——

是进出纽约不太方便。”

安吉拉给了大卫一个吻算是回答。

不过安吉拉很快就会知道，为了这个选择，她将付出点什么，其实安吉拉一直在为她的选择付出点什么。

参加婚礼之前当然要做做头发。

第二天上午，她没让大卫等她一起吃中饭。理过头发再去吃饭，就餐的人已不多。她对领位的前台小姐说：“我们是二楼的住客，按规定有一次免费午餐的优惠。”

“是的，是这样，夫人。”

年纪轻轻便在前台这个不大的舞台上，阅尽人间颜色的前台小姐，只匆匆一瞥，就将一身名牌包装下的安吉拉尽收眼底。礼貌极其周全地带着她就往餐厅里走，礼貌周全的临了，却是不征求她的意见、不等她做出选择，就把她安置在靠门的一张桌子上。

一向重视彰显身份的安吉拉，对这个靠门的，说内不是内、说外不是外的地理位置非常敏感，而一旦没有大卫左右在旁，又显出不合常情的气馁。她不甘地忍受着一点穿堂风，又不甘地看着那些靠近壁炉或阳台上没有客人的空座，却说不出什么。

“您的风衣是否需要放到存衣处？”前台小姐问道。

怎么连这个细节都忽略了？安吉拉懊恼地想。都是靠门这个位置，以及那股穿堂风闹的。

她脱下身上那件名贵的风衣，不经意地往前台小姐的怀里一丢，这才丢出一些快意。

可是那位前台小姐，更不经意地接过风衣，看都没看它的成色。不像有些饭店的小姐，在接过客人的大衣时，总会不由自主地偷瞄一眼大衣的品牌，以确定客人的等级，然后决定该给客人多少服务的诚意。

并没有看见前台小姐与餐厅的侍者有过什么交流，连眼神也没有过交叉，安吉拉吃沙拉的时候，那侍者竟两次前来问她吃完了没有。

她沉着面色,厉声厉气地回说:"没有。"说完之后马上意识到,这种口气很失身份。

换作大卫的母亲,肯定不会与下等人这样你来我往。只消一个眼色,就把这些下等人扒拉到一边去了。记得有个佣人顶撞了大卫的母亲,不要说声严厉色地斥责那个佣人,连眼皮都没抬,事后管家不动声色地就把那个佣人辞了。

至于露西,肯定会对那侍者放出一个让他明白自己身份的微笑,直截了当地回说:"吃完没吃完,你没看见吗?"然后一根青菜也不剩,盘子像用面包擦过那样干净地把沙拉吃完。

越是这样,那些下等人就越会对露西露出他们的第八颗牙齿。

回到房间,安吉拉极为克制地向大卫说起那位前台小姐,大卫转过身去,对着安吉拉所说的、临窗看得见的哈德逊河,闷声不语。

有时,只是有时,并不经常,大卫难免不这样想:作为一个画家,安吉拉的画作还说得过去,标准宽松一点的话,可以说还不错。可是大卫并不需要她的什么成功,作为他的妻子,只要她不惹是生非就行。

如果此时安吉拉看到大卫的神色,就不会锲而不舍地与他讨论:"你不觉得我们应该向餐厅领班提出异议吗?"

"你觉得有必要为一顿免费的午餐,再失去点儿什么吗?"他仍然没有转过身来,不是不礼貌,而是担心将他此时的神色流露无遗。

幸好汪达此时打来电话,通知婚礼的预演提前,希望他们早些出发。

双方近亲好友在婚礼预演后的晚餐上进行了不冷不热,恰到好处的交谈。

饭后,汪达问及大卫对婚礼预演的印象,既没有问自己的父母也没有问安吉拉。有谁能像大卫那样,对这些繁文缛节有那样细腻、准确的感觉？又有谁会像他那样，对这些繁文缛节不厌其烦？

之前大卫就对她说过，按照婚礼的习俗，所有应由女方提供的花销，都由他来负责，算是他的一份礼物。她能不关心赠送这份礼物的人，对她操办这份厚礼的印象吗？

大卫说："万无一失。"

在他的后代中，再没有一个人，可以像汪达这样品味往昔了。

不论预演还是正式婚礼上的每一道菜；各种配菜的酒；饭后甜点；火柴的粗细长短（万一哪个老派客人想点燃一只雪茄呢）；火柴盒、餐前餐后冷食冷饮用的餐巾纸以及邀请函的颜色、图案；甚至装饰餐桌的鲜花等等，都经汪达一一定夺，确实尽善尽美，就是由他亲自来安排，也不过如此了。

"是负责任的回答吗？"

"你以为我不够负责吗？"

汪达在大卫腮上印了一吻，他一面擦着自己的腮一面问："你敢担保你刚才一直在使用餐巾吗？"

"哦，你竟敢这样糟踏我。"

三人终于来到大卫最中意的那家老法国饭店。

与露西吻了左腮又吻了右腮，最后在左腮上落下吻礼的帷幕。

大卫在一旁阴怪地总结说："欧洲式的，看来我们没有白去巴黎。"

露西打了一个喷嚏，因为香水。安吉拉显然用了太多的香水，当然是上好的香水。

可恨的是露西还没有老——不是通常意义上的岁月不饶人——而是仍然享受着她能享受的一切。

具有画家身份的安吉拉，此时想起"同祖同宗"的毕加索。恰如毕加索所说：你画的并不是你所看到的，而是你所感觉到的。

露西正是活在她所感觉到的事物中,怡然自得。

大卫站在自小就如此熟悉、熟悉到闭着眼睛也能从她们的气味,分辨出她们的两个女人当中。

他左顾右盼。

安吉拉的两腮虽然有些下坠,但整个人依然如南方的阳光,那样艳丽、那样晃人眼睛,有点刺激、有点过火。不过她那样明目张胆、无可救药地上下打量露西的行头,可不就将喜欢评品的小家子气展露无遗。有时,大卫不能不生出凡事不能两全的感慨。

而这么一把年纪的露西依旧心不在焉,比年轻的时候更加心不在焉。

侍者把菜单呈上来的时候,安吉拉摩挲着羊皮面的菜单对露西说:"……这样有品位的餐厅是越来越少了,瞧瞧,菜单都是两样的。给男人准备的菜单才有价目,你和我的菜单就没有价目。"

比之大卫和露西,安吉拉更热烈于展示一个阶层的标志,相比之下露西倒像一个冒牌货。可说不上在什么节骨眼儿上,展现标志就会变成没有见过世面的标志,也就难怪古堡的前台小姐那样泾渭分明。

露西问:"如果来的都是女宾呢?"

安吉拉说:"你像个女权主义者那样唯恐天下不乱。"

一旦大卫左右在旁,安吉拉就像一只猎犬那样机警好战。

露西只管低头看菜单,并不回应她是不是唯恐天下不乱的女权主义者。

不过谁能难得住这样的侍者。他回说:"我们自然会奉上有价目的菜单。"

露西对侍者说:"那就请你给我拿份有价目的菜单来。"

闷如费城那座著名大钟的大卫,这时才意味深长地挑了一下眉毛。

安吉拉是熟悉大卫一颦一笑的,作为回应马上说道:"音乐选得也不错。"——又是早年从礼仪书上背下来的句子。

那个"也"字听起来是暗藏心机。

有一次母亲没头没脑地对露西说："虽然都是猫，可暹罗猫就是暹罗猫。"

不是母亲给南希买的墓地又是谁？不是母亲为安吉拉付的大学学费又是谁？可露西没跟母亲争辩，她知道母亲会说，买墓地归买墓地，付学费归付学费。

她觉出母亲的幸灾乐祸，什么也没回答，扭头上楼去了。

照父亲说，他喜欢的就是露西处变不惊的大家风范，果然是他们家的骨血。

上了牛排，安吉拉诧异地"呃"了一声，用叉子拨弄着盘里配菜的蘑菇，招来侍者，说："蘑菇的蒂子怎么没有去掉，这让人怎么吃！"

侍者忙说："我马上给您换过。"

这次，安吉拉给了侍者一个不但温文尔雅，还有点过于慷慨的笑脸，说："算了，不必了。"

然后就放下刀叉，不露声色地瞟着露西。可是露西将那些蒂子没去掉的蘑菇和那份牛排，还有那些绿色的花椰菜，吃得一干二净，之后便垂头敛目，一味转动着手里的酒杯。

明明知道时光不可倒流，露西却禁不住想，她宁愿再看到那个头上顶着一本书，以练就一副行走时，上身纹丝不动文雅模样的安吉拉，而不是现在这样一个不肯吃那有蒂蘑菇的安吉拉。

又多么希望再听到安吉拉那些有血有肉的语言，那种语言来自她的母亲南希，以及南希母亲的母亲：俏皮如晨间在窗口探头探脑的鸟儿；灵动如老家说来就来、说去就去的暴雷暴雨，而不是这些矫揉造作、满口淑女教科书上背下来的语言。

更希望自己还是那个口无遮拦、凡事大大咧咧的自己，而不是现在这样地吹毛求疵。

…………

"不合口味吗，要不要再换一种酒？"大卫问道。

"不,很好。"露西赶忙停下转动酒杯的手。

如此明了却深藏不露的大卫啊。

"那么再添一些?"

"好吧,一点,就一点。"

谁也没想到在第二天的正式婚礼上,汪达头天在婚礼预演上的白色婚纱变成了黑色婚纱。不知一夜之间她又起了什么念头,大家面面相觑,这是婚礼还是葬礼?

只有大卫,不露声色地望着新郎硬邦邦的、两条热狗肠般杵在鞋面上的裤脚;只有露西理解,对年轻人来说,白色婚纱不再是婚礼的一统天下。

接着是男女双方交换戒指。当新郎将戒指套向汪达的无名指时,却失手将戒指掉在地下,果然不愧为三等流行歌手,不过兴许是个好兆头也说不定,大卫想。

戒指蹦蹦跳跳滚过地板,一直滚到大卫脚下。

大卫捡起脚边的戒指,走向婚坛,送到新郎手上,将一场尴尬化为一场幽默。然后转身,左右颔首致意,一招一式,就像议员发表竞选演说那样让人信以为真、那样阴怪、那样虚情假意得让人最后不得不投他一票。

露西会心地笑了,这一刹那,大卫重又变回家族银行被兼并前的大卫。不过只是昙花一现,一回到他的那个座位上,立刻又变成眼下那个深藏不露的大卫。

婚礼总算没再出什么大错,汪达忠于职守地完成了新娘的角色。

喜宴之后,露西没有跳舞,而是端了一杯酒悠悠荡荡地来到院子里,拣了树下的一张椅子坐下。

是初月与落日交替的时段,隔了暮色,喧嚣竟显出几许慵懒、勉强。

大卫也拿着一杯酒走了过来,看了看她身上的那件礼服,节外生枝地说:"这件礼服看上去真有品位……"和几十年前的那句话一模一样,只是目光不再迷离,倒叫人觉得真实可信起来。

礼服是旧时的礼服,手套可不是旧时的手套了。大卫当然不知道原来那副手套丢了,这是后配的一副。

"你还是那样,总像掺了灰色的色调,冷殷殷的……巴黎……不论什么颜色都会掺上一些灰色的色调,不像我们这里,或是红、或是绿,没有过渡。"

"……是一种颜色又不是一种颜色……没有办法,我们差不多都是这个样子……"

他含义不明地点点头,然后挨着露西坐下。沉默了一会儿,拿酒杯的手臂突然向前一晃,说:"好酒,好人儿,好天气……"

还有好什么?

又用酒杯指了指前面那些树说:"瞧见那些玫瑰了吗,越发地茂盛了。"

露西看过去,哪里有什么玫瑰?满树满眼的樱花。只是比前些日子浅淡多了,毕竟已是暮春天气。

一朵朵樱花,像一滴滴泪珠,顺着每根枝条滴落下来。并非一泻千里的嚎啕,而是非常克制的嘤嘤啜泣。每当风儿游过,那些枝条就颤抖起来,抖落一地花泪。

"你说什么!那是樱花,叫做'哭泣的樱花'那一种。"

"不是咱们教堂前的那些玫瑰吗?!"

露西扭头看了看大卫,不,不像喝醉的样子,不过在他来说,这种是焉非焉的样子也不足为怪。

是啊,她想起他们老家镇子上的那个教堂,教堂院子里的玫瑰。还有那些殖民时期的大房子,白色,门前有高大的廊柱,有宽大的通道穿过阔大的庭院,通向石质的大门。那时,不但年轻的他们是温热的,连夜也是温热的。

"'哭泣的樱花'——谁给樱花起了这样一个名字?"大卫悄声自问。

露西也奇怪,樱花在日本的时候也是这样哭泣的吗?

一生见过许多景致、风光,何谈日本的樱花。一树树如那些张开的,俗里俗气、兴高采烈、大众非常的遮阳伞。而不是这样高大挺拔,一副玉树临风、顾影自怜的模样,也不像这样地哭泣,一直哭到红颜落尽的时光。

怎么到了这里它们就变得如此高大挺拔,一副玉树临风、顾影自怜的模样?

怎么到了这里它们就哭泣起来?

当它们漂洋过海来到这里的时候,到底发生了什么?

"露西,那南瓜……"

"什么南瓜?"

"万圣节的那一个。"大卫从酒杯上翘起食指,含义不明地朝屋顶上指了指。

屋顶上一片葱绿。按理该说是一片灰绿,也许因为树影重叠,所以就深了那么一些。

"……安吉拉的处女作。"

那只万圣节的南瓜。

多久以前了? 真用得着"很久、很久以前……"

那一年万圣节,他们开车到附近乡下买来不少南瓜。南瓜买来后,准艺术家安吉拉说是要刻几个与众不同的南瓜。她将刻为骷髅的三个南瓜刷上一层荧光粉,又在顶部装饰了半圈黑纱,与传统意义上的南瓜风马牛不相及。既然如此,那还算是万圣节的南瓜吗? 只能算是安吉拉的借题发挥。

三个南瓜一字排开放在了屋顶,而不是大门口,说是如此这般南瓜会更加触目。

大卫兴奋异常地让佣人找来电线、灯泡,搬来梯子,特地在屋旁的老枫树上装了电灯。极为强烈的光线,白惨惨地照在刷了荧光粉的南瓜上,哎,哪里是南瓜,分明是狰狞的骷髅啊。

露西心里还想了一想:这个安吉拉!

虽然是鬼节,可孩子们并不一定非让鬼气吓个正着。

露西希望安吉拉成功;希望大卫没有白拉扯那些电线、装那些电灯,所以没有特别提醒晚上来讨糖果的孩子,屋顶上的南瓜是闹着玩的。

可是戴着骷髅面具的安吉拉,关闭了所有的灯,只留下几柱射在南瓜上的灯,现场更是一派赤裸裸的凶象,完全没有节日的热闹,几个年龄较小的孩子被吓哭了。

所以直到三个南瓜烂了,也没有人说个什么。

于是安吉拉就与往常不同地不高兴起来,从前她可没有这么大的脾气,可见什么东西都不是一成不变的。

从前的安吉拉总是贬低自己。好比大家一起出去吃饭,她一定会扭捏不安地说她点的菜不好。不是菜不好,是她点的不好,好像这就奉承了其他的人;

好比她要是不经意间走在了众人前头,抢先跟谁打了招呼,就会坐立不安好半天,讨饶地向大家笑着……反倒让人想起她是下人的女儿。

可不知道从什么时候开始,安吉拉渐渐地就别有天地——也许就始自大卫那个万圣节的异常兴奋。

接着大卫也跟着别扭起来。

越是这样露西越要逗逗他,谁让他们那时还年轻!

当佣人从屋顶上取下三个烂南瓜时,露西不无调侃地说了一句:"小心呐,那是安吉拉的处女作。"

从此他们开始不着痕迹地和她作对,她要做什么,他们两个人偏不做什么;她不做什么,他们两个人非要做什么,这更让她觉得可笑。

起始她以为那不过是幼稚的自尊,等到安吉拉和大卫的关系渐渐有些特别起来,露西才知道没那么简单。

接着是冬天。大家去滑雪的时候,安吉拉弄断了她的滑雪板。当然不是有意弄的,安吉拉一再找她道歉说。

这样的道歉听了几次之后露西就不想再听,顶多再买一副滑雪板,又何必为此影响滑雪的兴致。

也许滑雪板后面还有文章？

大卫却认为露西的掉头而去，包藏着对安吉拉那点不足挂齿的阴谋一目了然。

一目了然里又包藏了多少凌厉，大卫认为自己都能一丝不欠地领略，毕竟他们是"同根"。其实他并不明白，露西与他从不"同根"，他与露西之间一生的误解，坏就坏在以为自己和露西是"同根"。

这样的小打小闹从此不断，既然见过母亲那样的大手笔，安吉拉一而再、再而三的小打小闹，只能说明她的不成气候。

而有意弄断她的滑雪板，就连小打小闹也算不上了。

往后她和安吉拉再也没话可说，儿时的亲密一去不复返了。可惜啊，曾经有个时期，她和安吉拉的关系比和母亲近多了。

露西也就明白了安吉拉从前所有的作为，都是为了后来的铺垫，当然也没什么不可以的。

于是在父母双亲相继去世，老房子没有出卖之前，每逢安吉拉回到老屋，露西就让佣人把过去南希住的房间收拾出来给她住。她又何必徒劳地让一个牢牢记住那个界限的人，生生地忘记那个界限呢？

正因为如此，安吉拉和大卫的婚礼是在圣派特力克大教堂举行的，当然是安吉拉的主意。在道听途说杰奎琳和肯尼迪也是在那里举行的婚礼之后，安吉拉更把这件事常挂嘴上，当然不是当着大卫的面。每每说起那些道听途说的细节，倒背如流，好像她是嫁给了肯尼迪而不是嫁给了大卫。

就凭那个圣派特力克大教堂，酷爱智残儿童、酷爱义工工作的露西，就不会对大卫有兴趣，并且认为那是大卫的堕落。

而如今，露西早就不过万圣节了，连记忆中的万圣节也不过了。即便应亲朋的邀请，应时应节地去到哪家团聚一番，也是徒有其名。

"……我们还欠你一副……我的意思是我不只欠你一副滑雪板。"

"不,你错了,你从来没有欠过我什么,大卫。"露西微笑着,掺了灰色调的微笑。她侧过脸去看着自小就如此熟悉的那张脸——脸上有了许多老人斑了。

想起自己镜子前头的那段风干肠,露西再次笑了起来,是颜色十分清晰、光色十分明亮的笑。他们这是干什么?!花了几十年的时间,直到变成了风干肠和老人斑。

不知不觉他们聊了很久,都聊了些什么?又想不起来。似乎这样又似乎不是这样,似乎重要又似乎不重要。

如在溪之岸,面对一幅沉浸溪底、经年已久的画。水波荡漾,画面游移,更因常年的浸湮,线条模糊不堪,但毕竟还是一幅画。不论给人多少愉悦,却是打捞不得的,一旦打捞起来,就会变成碎片,再也不能成其为一幅画了。

断断续续的乐声飘了过来,喜庆的,另样的,有关无关的。

却没有伤感,一点也没有。

乐声中,老家已如隔世,和着老家的回忆。

2003 年 2 月
2003 年 5 月定稿

四 个 烟 筒

据说早上起来一杯又一杯饮用咖啡,也未必精神抖擞,晚上依赖大量安眠药,也未必进入睡眠状态,是一种社会病的表征。

至于这种病怎么来的,又说不清楚。某些人能说出一二,但谁能肯定他们那些揣测就真是病因,谁又能肯定这仅仅是一种"社会病"的表征?

比如,这些揣测对阿瑟就毫不适用,不论是人生主战场的职场竞争、商海沉浮,还是一般人的生活无着、婚姻不幸、身患绝症……等等,等等,与阿瑟一概无涉,照比这些失意来说,阿瑟甚至可以说是幸运。

不是有时,而是经常如此。

咖啡和安眠药就像妻子和情人,包揽了阿瑟的白天和夜晚,说得煽情一些,是包揽了他的生命。除了白天和夜晚,人还有什么?或不如说,咖啡和安眠药对于阿瑟,比妻子和情人更加无间,试问,还有谁能像咖啡和安眠药对他这样知根知底。

不过阿瑟喜欢说"有时","有时"比"经常"听起来还有那么点希望,是不是?

话是这么说,一看他那满床的咖啡渍,就知道他已经堕落到连餐桌都不愿意上的地步,如果一个人对口腹之欲,都这样漫不经心,还有什么能推动他的生命?

也许"性"。可"性"承担得了这样的重任吗?在阿瑟看来,"高估"才是社会病的一个缘由。再说他缺过女人吗,完全的文不对题。

在数了一夜的绵羊，又喝了足够的咖啡，并昏头昏脑地放了几个臭屁之后，阿瑟又开始了这个千篇一律、毫无新意的都市早晨。

早饭、刷牙、洗澡、换衣之后，便走出了公寓，溜溜达达地上了人行道。站在十字路口等候转换红绿灯的时候，眼睛不由得四处游荡一番，四周竟都是神色匆匆的路人，各自怀有一份奔往目的地的急促和赶时赶点儿的不耐烦。

阿瑟已经很久没有过这样的急促，哪怕是不耐烦。说什么"很久没有过"，好像他有过似的。

绿灯亮了，自己却不知何去何从。虽然这纵横交叉，通往东西南北，办公楼、饭店、家庭、健身房、飞机场……等等去处的大街、小巷，同样属于他，并有他的一份。

到底上哪儿去呢？还没想出所以，也懒得想出所以，就近就便地进了路边的咖啡馆。

刚坐下，就感到了一个微笑的招呼，他很不想接应这个微笑，可谁想到一个微笑竟具有如此不懈的意志。阿瑟只好抬起头来，向那微笑投降。

"嗨，阿瑟，真不相信这是你。你好吗？"

原来是中学时代的一个同学，令阿瑟不解的是，在别后这么多年的时间里，同学居然没有改变。不尽是指同样红润的脸庞，同样的嬉皮笑脸……一个人怎么可以这样，时间也好、遭际也好，难道没有在他的内里挖掘出什么？这是上帝的眷顾还是玩忽失职？是一个人的运气还是一个人的不幸？

"不怎么样。"阿瑟老老实实地回答，面对过去，阿瑟竟表现得有点真诚。毕竟那个"过去"不仅是昔日同学的，也是自己的。

可惜昔日同学并不领会。哈哈大笑地说："你一点没变，还是那么有趣。"

真不知自己的回答有什么可笑之处，值得昔日同学如此开怀，难道他应该说"很好"吗。

幸亏人们发明了手机,这东西真像特地为他设计的。自手机在市场上出现后,他关闭了家里的电话,只在电话上设置了留言。虽然兄弟们不说什么,可阿瑟知道,他的这个偏爱,让有品位的兄弟们很有些侧目。

他们怎能了解手机对阿瑟的意义。

每当家人必得团聚的感恩节或是圣诞节,阿瑟可以用手机回话,说自己眼下正在非洲,或南极那种够不着的地方,无法赶回来与家人共度佳节等等。

他们上哪儿验证他是在非洲、南极,还是正无可救药地抱着啤酒瓶子,窝在自家的沙发上,手握遥控器来回调换电视频道?

否则他就得面对"嗨,怎么样,伙计?"这句千古不变、百折不挠、无关痛痒的问候。

而他就得无数次地回答:"不错。"

阿瑟恨透了这个"不错。"

难道美国人就想不出比这个问候更精彩的问候吗?

都说一个人后来何去何从,从小便可看出一二。

可是他那不三不四的苗头,不要说是童年,就是进入青少年时期,也没有显出蛛丝马迹。

童年时,阿瑟永远是个给人带来快乐的孩子,到了青少年时期,更显出制造快乐的天分,或是说,他就是"快乐"那个词儿的最终解释,哪个 party 少得了他的身影? 他就是那 party"票房价值"的保证。

可以想见,他是多么的受人欢迎。

那时同学们常常问他:你为什么老是笑,难道你真有那么多可乐的事吗? 而在人们寄给他的圣诞卡上,通常是"祝愿你永远快活如此"一类的字眼儿。

当初曼莉不正是因为他的幽默,爱上他的吗?即便向曼莉求婚时,没有钻戒,也没有玫瑰,最终还是携得美人归。

曼莉和他一样,不在意那些形式,说,比起钻戒、玫瑰,他的幽默才是无价之宝。事过多年，曼莉仍然记得当时的每一个细节。那天下午六点多钟，有人打电话给她："这里是地毯进出口公司，请问你要地毯吗？我们这里有上好的土耳其地毯，价格合理……"语音语调听起来和电视里那位地毯推销商毫无二致。

"不，谢谢，我们不需要。"

"据我所知，你们前厅那里需要一块小地毯。"

曼莉有点惊讶也有点不安。如果一个陌生人能说出你的前厅需要一块地毯，就可能说出你在洗手间里的所作所为。她警觉起来："你怎么知道我们的前厅需要一块地毯？"

"一个准备向你求婚的人，能不知道你家里，哪儿缺一块地毯吗？"

如果一个男人对一个女人的体贴，无孔不入到连她的前厅是否需要一块地毯都知道的程度，那女人能不心动吗？

幽默虽是生活的重要调味，却并不是生活的支撑。

自大学毕业后，阿瑟从没有过一个长期、稳定的工作。但他并没有感到特别大的压力，反正父亲留下了足够的遗产。

曼莉也从不和他讨论被炒鱿鱼的原因，甚至不会问一句"怎么，你今天没去上班？"

她的体贴入微，还表现在早餐桌上。阿瑟从未在早餐桌上见到过有关征聘，或职业介绍那一版的报纸，更不要说有关家庭开支的账单……

是啊，像曼莉那样的女人，用不着男人打点，就足以昂首阔步地行进在人生的大路上，不然她也不会爱上像他这样一个，只能在 party 上大显身手的男人。

有人建议阿瑟试做一名喜剧演员，他觉得这个建议不错。

以他的才能，不论是做喜剧演员、还是做正剧演员，都不成问题。不论学什么、学谁，都学得惟妙惟肖。大学时代的一个愚人节，他潜入学校某摇滚乐队的有线广播室，宣布发动对俄战争，大家竟都以为是总统在发表讲话。幸亏那天是愚人节，不然他非承担法律责任不可。

在喜剧院面试时，他的即兴表演，令导演、剧院经理，以及一干演员乐不可支，剧场的经理和导演，都以为得到了一个罕见的喜剧天才。

可是等到正式演出，他平时的幽默、诙谐、比奔腾 5 还迅捷的应对能力，全然不知跑到哪里去了。

他像一个最蹩脚的演员，一筹莫展、手足无措、傻头傻脑地站在舞台的聚光灯下。

尽管观众宽容、同情地沉默着，阿瑟却听到了笑声。从他可以制造笑声开始到现在，人众曾经赏给他的、所有的笑声，此刻似乎全都汇集在了一起。那汇总后的笑声之巨、之强，难以描述。就像被雷霆万钧的海啸掀翻的大海，万物无不毁灭在它的扫荡之下，又像火山积蓄已久、忍无可忍的爆发，万物无不被它炽热、沸腾的岩浆熔化……

越过光线昏暗的观众席，他还看到一个具有巨大吸力的空洞，一个连无边无际这个词儿都无法囊括、又因无法囊括而令他感到恐惧的空洞……在那里面，他看到了阿瑟：一个角色，而不是他。

这真不能算是他的错，那一会儿，他之所以傻站在聚光灯下，不过是在冥思苦想阿瑟那个"角色"制造的"笑声"，以及人众赏给那个"角色"的、那些"笑声"的意义——不论是对他还是对于人众。

他为什么会得到这样一个角色？是自己的原因，还是父母的原因，还是人众的原因？

如果是他的原因，他又为什么锲而不舍地经营这个"角色"，为什么？难道这个"角色"便是他的终极意义，他的人生、他的期待？他突然怜悯起自己。

…………

最终是否有了答案，不得而知。但阿瑟从此不但失去了制造"笑声"的本事，甚至对"笑声"产生了一种莫名而又不甚确定的嫌恶。

不过没人知道这档子事，或是说人众不愿意承认这个事实，每每见到他，依旧是老早咧开他们准备大笑一场的嘴。

那么曼莉呢，像曼莉那样胸有成竹的人，能不知道他的变化么？否则为什么老是拿不定主意地看着他，那神态分明是在掂量：他这是怎么了？

阿瑟从此更像一个被宠坏的女人。

如果曼莉此前对他的种种"情况"，表现出的种种不以为意，阿瑟可以略去不想的话，那么她现在的不以为意……照他看来，一个人的忍耐，是有极限的。

而不介意可以解释为关爱，也可以解释为轻慢。

有什么能让阿瑟释怀，曼莉此前以及现在所表现的种种不以为意？它们又有什么相同和不同？

曼莉可能永远不会知道，为了回避阿瑟那模糊的伤痛、呵护阿瑟那柔弱的矜持，她小心翼翼的尊重、体贴、温馨，反倒成了阿瑟的心病、成为他再也无法与她相对的障碍。越是如此，曼莉越是谨慎、越是不知从何入手与阿瑟沟通，这两个惺惺相惜的恋人、夫妻，竟不能互相明白也不能对话了。

同时阿瑟也进入了那个说法的迷宫——"二十岁爱上一个人的理由，到了四十岁可能就是无法忍受的理由"，他倚着迷宫的一个犄角坐了下来，不再费劲巴拉地寻找出口，或许出口外面就是另一番天地，可他没了兴致。

阿瑟提出了分手。

母亲像是无意间问起分手的缘由。"没有缘由。"阿瑟说。

这种称不得缘由的缘由，如何说得清楚？就是阿瑟自己试着辨认，也没有辨认清楚。

一进门，刚把为母亲准备的生日礼物放下，母亲就说："老远就知道你回来了,不只我,恐怕整个小镇都知道你回来了。你那个消音器少说也有一年没修了吧？我真奇怪警察为什么一直没有给你打电话。"

阿瑟汽车上的消音管子,坏了一年多了,去年回家时就这样的惊天动地,家乡的整个小镇,都领教了它的噪音。他不是换不起一只消音管子,也不是恶作剧,而是听之任之。

实在,比起大学时代那辆三手或是四手车,以及车上那只放荡不羁、沙哑之上更见沙哑的破喇叭,这只消音管子算什么,差远了。而那只放荡不羁的破喇叭,却是许多女同学对他兴趣有加的一个不大不小的理由。

他咧嘴笑了,那是一种满脸都是嘴的笑,谁能怀疑它是扮演的,谁又能扮演得出来？

"怎么样,你过得还好吗？"

阿瑟想了想,不知对这句恨之入骨的话,回答一句他恨之入骨的"不错",还是回答一句真话为好。看了看母亲,只好硬着头皮说道:"不错。"

"工作呢？"

"不错。"

其实他刚刚又被炒了鱿鱼。

他宽慰自己,他的人生也好,性格也好,处处都有太多的不确定性,而不确定性是无法控制的。

被炒鱿鱼的原因很简单。不过是公司通知大家那天不要使用电脑,因有"黑客"入侵。可他端了一杯咖啡回到办公桌前的时候,偏偏打开了电脑,后果可想而知。事后回想起来,为什么偏偏打开电脑,自己都觉得蹊跷。

本是回家庆祝母亲的生日, 没想到竟会变为参加神父的葬礼,据说神父当时正在为镇上的某人主持葬礼,结果是自己躺倒在台子上。

为神父送葬的人很多,镇上的人几乎都来了。

看不出有什么远大目光的父亲，居然把神父主持过的仪式录了像：镇上人家的婚丧嫁娶、生老病死，包括阿瑟和曼莉的婚礼以及他们女儿的洗礼。现在母亲找了出来，拿到神父的葬礼上播放，赢得了大家的赞赏，认为这是对神父最好的纪念。

神父虽然是个不大靠谱的神父，可是大家都很喜欢他。

为阿瑟和曼莉主持婚礼时，偏偏忘记通知乐师，而新娘曼莉已经来到，一向吊儿郎当的阿瑟为此紧张得不得了。

神父笑眯眯地对他说"放心，没问题"，那笑容很有些"心怀叵测"。果然，他一会儿跳到神坛上为他们主持婚礼，一会儿又跳到风琴旁代替乐师弹琴奏乐，等乐师接到人们电话赶到现场时，一切都按规矩万无一失地进行完毕。

为女儿洗礼的那一天，神父还喝醉了，怎么找也找不见他的踪影，原来他醉倒在教堂后院的喷泉旁，把为女儿洗礼的事忘得精光，当他们把神父唤醒后，神父反倒问："你们进行洗礼登记了吗？"

也是神父为父亲做的葬礼弥撒，他的手颤抖得很厉害，捧在手上的《圣经》，颠簸如海上的小船，又常常翻错《圣经》的页码……他不得不尽量拖长每个句子最后一个字的尾音。那拖长的尾音，一路颤颤抖抖，跌跌撞撞，直坚持到他找到应该朗读的下一页、下一句为止。现在回想起来，他那时病情可能已经相当严重……不论这个老迈、不着调的颤音多么可笑，从今以后，阿瑟是再也听不到了。

可以说，阿瑟的每个人生阶段，都有神父的见证。现在他去了，还有谁来见证他的人生？

又既然如此，不知神父可否了解阿瑟那个"角色"和他的区别？

一个新的神父将会来到这里，不论新神父如何参与他今后点点滴滴的生活，可再也不是他的神父，也再不可能伴随他人生的每一个重要阶段了。

不过，他余下的人生，还会有什么阶段值得一提吗？

想到这里，阿瑟有了哭泣的冲动，但他还算清醒，无论如何，哭泣于他非常不合适。于是他一忍再忍，可最后还是哭了出来。

这有点像是河堤决口，一旦决了口，只能越开越大。

那些随时可以哭泣，而不是随时开怀大笑的人也许难以理解，有时，人们需要的不是万贯家财，而是一个可以哭泣的理由。

现在阿瑟终于为自己的哭泣，找到了这个冠冕堂皇的机会和理由，他更加放心地哭泣起来，葬礼上的人都听见了他的哭泣。

随着他的哭声，渐渐有人轻笑起来。这个镇子上的人，谁没领教过阿瑟的幽默，有些人从小把他看大，有些人与他同生同长。

他哭得越响，人们的笑声也越加响亮。在人们越来越响亮的笑声中，阿瑟更加毫无顾忌地、尽兴地哭泣着。

母亲不得不说："亲爱的，人们到底是参加神父的葬礼，还是欣赏你的表演？"

基于自己与这两个男人共同生活多年的经验，母亲认为阿瑟的大部分行为，都来自父亲的影响。他们两人的一举一动，无一不是诙谐的演出。小镇上的人都知道，阿瑟和父亲是一对很好的搭档。

可惜阿瑟没有机会询问父亲，父亲的"诙谐快乐"，是否和他一样，不过是个"角色"？

他也不可能得到父亲的回答了，即便可以得到父亲的回答，他又能理解多少？对这个世界的哪一种状态，我们能说自己透彻理解了？好比一只杯子上的口红印痕，我们怎能断定那就是一个女人用过的杯子？

再说父亲能如实回答吗……

命运不过是一片又一片景象连缀起来的拼图，究竟以哪片为准？

此刻，阿瑟多么想对母亲说，"请相信，我不是在表演。"可她能接受这个事实吗？

葬礼快要结束的时候，下起了小雨，母亲对他说："不如雨停之后再走。"

阿瑟说："我喜欢下雨的天气。"之后，便发动了车子。

作为一个人生的旅者、过客，阿瑟的要求其实不多，比如离别某地时，回过头去，有一双知道你并不是在做戏的眼睛，还在注视着你，即便转瞬即逝。

他回过头去，没有，人来人往，欢声笑语，可是没有一个人能越过他的"角色"，直抵他的本质。

雨越下越大，当他驶过"四个烟筒"时，发现屋顶上的四个烟筒变成了三个。它真是太老了，可是旅馆为什么不对它进行修缮呢？

他和曼莉结婚时，包租的就是这个老而有味的小旅馆……当时客人来得很多。

这就是家乡，每一块泥巴都是一个记忆。

…………

阿瑟不再想，为什么四个烟筒变成了三个，也许根本还是四个，只不过他看花了眼。

毕竟下雨路面不好走，车子开得也不快，坡地上的那栋灰房子，却一闪而过。

它就那么湿漉漉地、独自站在乡间公路的一旁。在雨幕里，它看上去不十分清晰，也显得更加灰暗，不过阿瑟却看见雨水从灰房子墙角的漏水斗中奔涌而下。

他了解这房子，就像了解故乡的每一棵树。

不是现在，很久、很久以前，这栋房子就寂寥地站在这一处坡地上，从来没有见过人的进出和炊烟的升起。

那些砌墙的巨石，始终沉默地伫立着，似乎在坚守一种允诺，不过也许更是一份煎熬，谁知道呢？如今已经没有人用那样方方正正的巨石，来砌一堵墙、盖一座房子了。

突然,他听到哭泣的声音,哪里来的哭声?难道自己在神父葬礼上的哭泣还在继续,真是胡思乱想。看看车上的音响系统,也是关着的,即便开着,哪个电台会播送这样的哭声?

该不是从这老房子里发出的哭声吧,阿瑟猜想。只有如此空旷、巨大的躯壳,才会发出这有如掏空五脏六腑的哭泣。

哭声又像是从老房子的缝隙中溢出,被花岗岩的缝隙过滤、挤压得纯度极高,毫无掺假的余地。

有时,一栋空房子真比一栋满满腾腾的房子还有内容。

这声音宽慰着阿瑟,他不再想他的无望,再说想也没有用。

他人的无望,也许就是一件事,一段时间,而他的无望不分东南西北、上下左右,更可能是与生俱来。

可忧伤毕竟来到他的心间,不,不是因为"四个烟筒",而是因为雨中的那栋灰房子。

是啊,不知道哪天、哪月、哪个时辰,你就会被忧伤击中,毫无准备、措手不及,没有挣扎的机会和可能。

他再次回头,向那雨中的灰房子望去……而后便幸运地陷入了永劫不复的黑暗……

2006 年 2 月 18 日北京

一 生 太 长 了

作为一只狼,我真不该没完没了地琢磨这个问题:这条河是从哪里来的?

如果老执着在这个问题上,紧接着就会想:它往哪里去?

世界上有很多问题,其实是永远不可能找到答案的,如果不明白这一点,即便作为一只狼,也会使自己的一生充满烦恼。

可我偏偏就是这样一只十分明白却又执迷不悟的狼。

不论谁,在他的一生中,总得有一处可以随心所欲说话的地方,一个可以随心所欲说话的对象。是不是?

尽管狼的一生并不长久,不过十几年的样子,但在这个从来不易施舍的世界上,如果找不到这样一个对象或去处,那一生的日子就会显得太长、太长了。

不过我觉得,一个可以随心所欲说话的对象,无论如何也比不上一处可以随心所欲说话的地方。

应该说,作为一只狼,我是幸运的,在这深山老林里,能遇到这么一条苍茫的大河。我不知道这个世界上还有什么东西可以属于我,也不知道其他的狼各自拥有什么,然而我知道这条河是属于我的,仅仅属于我。

河流喧哗而沉默。

每当我带领我们那个狼群,沿着这条河流寻觅食物的时候,都会向它投上一瞥,并会不由自主地想,是谁把大地山峦劈开,给这河流让出了如此宽阔的通道,使它可以翻山越岭,无阻无拦地去它想去的地方,而我却得死守在我们这个狼群的领地上?

而当我独自沿着这条河，巡查我们这个狼群的领地时，我便常常会停下匆忙的脚步，久久地蹲坐在岸上，看着它无羁无绊、浩浩荡荡潇洒地远去，总觉得它会把我那些颠三倒四、不是一只狼所应该有的思绪带走，带走……

至于带到哪里，并不重要。

当我默默地看着我那颠三倒四的思绪和我对它说的那些昏话，随水而去的时候，我那总在躁动不安的心，至少有那么一会儿能踏实下来。

我一动不动地俯视着奔腾不已的河流，思忖着它是否有过疑惑、烦恼？

又是什么力量驱赶着它一天又一天不停地前行，不屈不挠，什么也不问、什么也不说地流着，流向也许有结果、也许没有结果，也许有目的、也许没有目的，也许有尽头、也许没尽头的一个地方？

它有没有故乡？即便有故乡，也不介意远走他乡？或是它自己愿意流浪？

它的源头在哪里？即便找到它的源头，那源头又是因何而生？

或许无所不知的人类可以回答这些问题。可人类所有的回答，都是如此的牛头不对马嘴，如此的风马牛不相及，比如他们对我们狼所做的种种解释。

他们连自己的事都说不清楚，怎么就能把我们的事说得头头是道？不过话又说回来，有谁见过能把自己的事说清楚的人？

我又犯了糊涂，险些又把根本不可能有答案的答案，寄托在其他什么东西的回答上。

如果某种生命，已然无法面对他们那个世界的种种尴尬，便以对某种似乎比他们强势的东西的演绎，给自己壮胆、造势的话，那他们的世界就临近崩溃的边缘了。

有谁见过我们狼或是狮子、豹子……会借助这种藏着掖着无数猫儿腻的演绎，来给自己壮胆、来超度自己，以摆脱自己的困境？

不，我们从来不这么干，我们狼也好，豹子、狮子也好，只要觉得这个世界没有了指望，我们也没有了前途，我们就会选择离开，而不会如此这般地苟延残喘。

…………

我那探究的目光穿透河水，甚至可以看到河流的底处。原来，看似可以触摸的河水下面，不过是深不可测的黑暗和空虚，所谓河流，不过是悬浮在黑暗之上，无根无基的水流而已。

我还看出它的变化，看出它和从前的不同，看出它也难免不被流光所消磨。当然，如果不是像我这样天天守望着它，它那似乎变得窄小、衰败，不堪重负的样子，是很难察觉的。好比那个岬角已经变得钝了，再没有从前的尖锐。难道我希望它仍然尖锐？难道变钝了不好？

了不起的时间之河啊！不显山不露水地就将一切看似不可改变的东西改变，就将一切完美无缺的后背翻转过来……

时间的河流和眼前这条河流，哪一条更让我迷醉？我想我宁肯放弃时间。可我不是又常常想要追回那流逝的时间之河？

我好像夹在了这两条河流的中间，无所适从。

说到底，这河流不也无法挣脱世界的羁绊？不论流向哪里，它不还是困在这个令人乏味的世界上？

如此这般，我曾经想过的那个问题：这河流有衰老的那一天吗？有厌倦活着的那一天吗？……真是无稽。

作为一只头狼，不论为我们这个狼群蹚路，还是带领它们捕猎，还是对它们的组织和掌控，我知道，我都做得最好。

我蹚出来的路，沿途可捕猎的对象丰饶，与所有的目标距离最短，最重要的是安全而少坎坷。

我跑起来像风一样快速，可以说那不是跑动，而是闪电，是天光，是雷霆。

我为我们狼群选择的这片领地，人迹难觅，十分荒凉，空旷荒僻得就像我的心，很适于我们的生存。可也是比我们更凶猛的生命的栖息之地，这意味着我们的生存会比较艰难。但我既然敢于选择这样一块地界，我就有能力对付这块地界上的艰难。

更不要说我在发起攻击、捕猎时很少失手。哪怕捕猎一只比狼庞大得多的麋鹿，我也能一口咬准他的喉咙。这是因为我在发起攻击前，对周边的情况以及我与那只麋鹿的距离，还有那只麋鹿与它种群之间的距离，观测得如此准确、周到；我对自己的每一个动作，以及每个动作所需的时间，设置、衔接得如此天衣无缝……

当光线照射在我身上的时候，我全身的毛发，一根根便如淬火的银丝，通体闪烁着端庄的光色，那正是一只头狼，应该具有的光色。

我也很少对我的狼群发出噪声，只要我威然、昂首地挺立在那里，就没有一只狼不对我俯首帖耳。

…………

我不知道我该为此感到骄傲还是沮丧。

因为我从来不想当这个头狼，可谁让我生得如此健硕？这是狼群选择头狼的规则。

至于我把头狼干得这样出色，只是因为我对履行"责任"这档子事的过分执着。

闹不好，这真是一种疾病。

饥饿，迫使我们为延续生命日日夜夜奔波在寻觅食物的苦旅上，在险象丛生的崇山峻岭中不停地追逐，杀戮，逃亡……我实在不明白，这是我们生存的形式还是目的，是本性如此抑或还有其他解释。

反过来说，这难道不是为延续生命而对生命的浪费？

延续生命！当然，这是个最有根基的理由，不过这理由说渺小也渺小，说悲壮也悲壮。

可终了，我们无时无刻不在忍受着饥饿的熬煎，我最清晰、最熟悉的感觉,也是饥饿……这样的生命太没趣了。

而且在生死攸关的时刻,我还会从活命的本能出发,选择挣扎、拼搏,以逃离死亡。难怪人类总说高我们一等。的确,他们对自己的生命,还能有一定程度的掌控,活腻烦了还有自杀的意志、能力、选择,想起这一点,有时我真羡慕他们。

我当然是一只出色的头狼,就像上面说到的,不论从哪一方面的职责来说,我都能做得最好。但我最怵头的,就是不得不带领我的狼群寻觅食物的职责。

世界早不是几十甚至几百年前的那个世界,寻找食物已经变得越来越艰难。就连一只刚生下来的狼崽,恐怕也知道这种寻觅有多么不易。

因为饥饿,我甚至干过就算一只狼也会感到脸红的事情。有一天我饿极了眼,竟背着我的狼群,从小山崖上一头冲进了灌木丛。

为的是灌木丛里的一个蜂窝。

我把那个蜂窝吃进了肚子。无数蜜蜂不但蜇了我一个满嘴满脸,在我冲下山坡的时候,一根粗壮的灌木刺,还深深地刺进了我前爪的爪心。那哪儿是灌木丛,简直像一只张开大嘴的巨鳄。

我反复用牙齿去咬那根木刺,甚至咬破了前爪上的肉垫,也没能把那根粗大的灌木刺从我的前爪上拔出。脓和血,从我的前爪上不断地渗出,让我在奔跑、跳跃时疼痛难忍。可我的狼群里,竟没有一只狼看出我的步履有什么异常。

可是,麻烦并不在这儿。

不论饥饿、病痛……都不能让一只狼伤情。如果不幸或有幸生而为狼,凡此种种,不过是我们正常的生存状态。

问题是作为一只狼,竟沦落到以吞食蜂窝,以凌虐那种根本不是个儿的对手,来维持自己生命的话,该是何等的不堪?

如今，我不得不为我的狼群寻觅一方不让一只狼汗颜，还能过上真正意义上的狼的生活，又可以延续我们生命的生存之地，而绞尽脑汁。

这样的不堪如今比比皆是。说不定，就在不远的将来，比这更为不堪的事，还会使我们陷入更加颜面尽失的境地。为什么会如此？这道理不说你们也知道。

这个世界早已不是英雄的世界。而一只狼，是不应该活在一个不需要英雄的世界上的。

如此这般，对坚守一份尊严来说，一生是不是太长了？

比起早先，比起远古，很多动物都从世界上灭绝了，为什么我们这个种群却延续下来？而后又让我们如此没有颜面地存活至今，这，公平吗？

这为苟延生命而奔波的生活，真让我觉得寡味、无聊，甚至绝望。我打不起精神，没有了激情。

不论对发现猎物还是捕获猎物，即便在你死我活的厮杀中，我的肌肉也不会再为厮杀而紧绷；在遭遇电闪雷鸣、狂风暴雨那总能激发我兴奋的时刻，我也是神色凄迷，意志消沉，心如止水。

最不堪的是在交配季节，竟不能激起我对异性的丝毫兴趣。有哪一只高傲的、几乎就是头狼的母狼，能忍受一只对它没有兴趣的公狼？那不仅仅是对她欲望的扼杀，也是对她雌性尊严的扼杀。

而且我再也不想努力、考虑，如何做一只更好的头狼。

明显的例子是前不久对野牛的一次扑击。按照以往，扑击之后我会迅速跳开，灵活转身，可是那次我却没有做出这几乎是我们的天性的反应，连那头不能灵活转体的野牛，也竟然能用它的犄角扎了我的眉头。

我当然能判断那来自对手的、危险的方向，更会找准对方防范最为薄弱的部位下嘴。我是谁？！但我也不知道自己当时为什么去咬野牛屁股而不是它的咽喉。

随之,我的机敏、我的爆发力……那些生命的旺盛表征也开始退隐。所有这些当然不是战术上的失灵,更不是因为衰老,相反,我正当壮年,正处在所谓一生的黄金时代。

我想,这是因为我的心智之树开始凋零。

这个世界上,有哪种力量可以战胜"凋零"?不论是哪一方面的"凋零"。任何想要拖住时光尾巴的企图,不过都是苟延残喘的一出衰剧,这状况真让作为一只狼的我,感到惊心。

不,那不是孤独、寂寞所能涵盖的,它是隔膜,与当下的隔膜。我想我肯定不是一只当下的狼,我不过是已经远离这个世界的、祖先中的一个,却突然从时间的隧道跌入了当下。我也认定这里不是我的故乡,我的故乡远在天际,我的父母也不是生养我的父母,而是我要寻找的那个先祖……

我再也不想当什么头狼。我为我们这个狼群献出过所有的力量和智慧,可现在,它们之中却没有一只,愿意代替我的职责。

或是,能不能找到那样一个地方,让我不再承担头狼的任务……

我知道我这些想法,背叛了一只头狼的伟大声名。可是,难道,在我出生之前有谁问过我:你愿意做一只狼,并且愿意做一只头狼吗?

还有人会说:别不知足,比起许许多多出生不久就被别的猛兽吃掉,只有百分之五十存活率的狼崽儿来说,你够幸运了,为什么不珍惜这来之不易的存活?

也会有人不屑地问:作为一只狼,你还能向往什么样的生活?这一切的一切,难道是一只狼,应该思考的吗?难道你还想成为哲学家不成?

…………

什么都不能让我动心了,当然除了这条河,我对它的依恋,到了越来越不可理喻的地步。

也许一切从那个小十字架和那个小坟包开始。

有那么一天,当我再次沿着那条河流,巡视我们这个狼群的领地时,我发现河流里那块礁石的景象与往日有些不同。

那块礁石我太熟悉了,就连上面长了几丛草、几堆灌木,我都门儿清。

我注意到,礁石上出现了一个小小的十字架,十字架下面是一个小坟包。那一定不是人类的坟墓,有哪个人类的坟墓如此之小?小到就连河水也不忍心像过去那样猛砸猛打,只能一浪轻拥着一浪,抚摸似的拍打着那块礁石。

那是谁的十字架或是小坟包并不重要,重要的是我应该明白,当我们离开这个世界以后,我们需要这样一个十字架或是小坟包吗?

变换的四季,以及河流在四季更替中的风景,就像陪伴着我一步一步成长;

河流的奔腾、咆哮,曾撼动过天地;

它潺潺的水声,不但抚慰过我烦躁的心绪,也洗涤过我的灵魂。不过,狼有灵魂吗?

它跌宕的水波让我看到,在残酷的、杀戮无度的世界之外,竟也有如此欢快的影像;

它九曲十八弯的身姿曾延伸过我多少的遐想……

它是如此的多姿多彩,然而所有的所有、一切的一切,都不像此时此刻,让我感到魂魄有所依。

这是一个多么让我艳羡的、灵魂最后的停泊之地,当然,我指的既不是那个十字架,也不是那个小坟包。

不知道我说清楚了没有。

而我也突然发现,死亡竟可以如此美妙!

可那个十字架是什么时候出现的?不久前我从这里经过时还没有看到呢。它就像从天上掉下来的,如此的突兀,会不会是祖先给我的一个暗示？我那有段时间总是低垂的、或说是垂头丧气的脑袋，不由自主地昂扬起来。

一只黑身，嘴长如钩的红嘴鸟，站在礁石上沉思冥想，是在追念什么，还是在为"逝往"伤怀？

后来我常常看到这只鸟，一动不动地蹲在礁石上，就这么一只，从来没出现过第二只。也从不鸣唱，就那么若有所思地蹲在礁石上，难道它也像我一样，需要向谁一诉衷肠？

别看我们狼群比世间许多活物都更牢固地纠结在一起，可我们并不互相偎依，更不能沟通。其实我们谁都不了解谁，就说我们最喜欢的嗥叫，试问，有哪一只狼知道我为什么那样嗥叫？

从另一方面来说，也许因为我们狼没有那些小零碎。你什么时候听到过狼的呻吟，或是叹息？或无端地、怀着极度的恶意，揣测另一只狼的所作所为？

试问，世上有哪些动物，能像我们这样，为彼此留出如此巨大的空间？

倒是随时准备把我们赶尽杀绝的人类，总喜欢跟我们套近乎，还用他们的所谓诗意来描绘我们：月光下，一只仰头朝天嗥叫的狼，叠摞在圆通通的月亮上。在他们看来，那就是我们的标准像。

除了那张到处泛滥、毫无新意的图片，他们对我们了解多少？对于我们的嗥叫，他们又做过多少自以为是的解释？！说了归齐，那都是在解释他们自己！

他们根本不知道，更多的时候，我们是在荒野里、山峦里、在黑夜中嗥叫。

我们更喜欢的是黑夜。虽然从根本上来说，黑夜和白天并没有本质上的差别。

但黑夜横隔在了我们与万物之间，它掩盖了所有的岔道，一视同仁，不分上下，将这个谈不上好也谈不上不好，不管你喜欢或是不喜欢的世界隐入了黑暗，它使我们觉得世界变得容易对付,我们在黑夜中也会比在白天感到自如。

　　我不知道我的耳朵是否有病,自打生下来,就有一种含意不清的声音老在我的耳边回响。不过我也说不准,或许这声音来自我的内心也说不定。可惜我无法表述、重复这个声音,我的嗓声里找不到这个音阶。不,我不是没有找过,也无数次地揣摩过、模仿过,结果都不是我耳朵里或是我心里响着的那声音。这让我感到一种无奈,还有无奈后的钝痛,而那钝痛又似乎是我所期盼的。

　　这声音陪伴着我、指挥着我,让我时而狂奔,时而在跳跃中停下,时而茫然,时而悲从中来……我相信,地球上再也找不到另一只,无缘无故、什么都不为,就悲从中来的狼了。

　　幼年时,这声音还不算太强,随着年龄的增长,这声音就越来越为强大。

　　我特别想要弄清楚这声音的来龙去脉,并且固执地认为,那声音可能来自我的祖先。

　　人类只知道满月时分万物的骚动不安,而我却知道,满月时分,古往今来的幽灵就会显现,而月亮比太阳更具神秘的力量,它可能会帮助我,召回祖先的魂灵。

　　我的嗥叫之所以比任何一只狼的嗥叫更具穿透力,更曲折复杂,那是因为我总觉得月亮背后,隐蔽着一条可以与祖先对话的通道。还因为我坚信,我的祖先能从响彻山野的无数嗥叫里,识别出我的嗥叫。

　　我之所以嗥叫,那是我在恳请,恳请月亮让一让,哪怕让出一条小缝,让我可以进入那条通道,哪怕一小会儿也好,至少让我问一声:"我是从哪里来的?"还有我为什么来到这里,并在这里扎根繁衍……难道我就是为了寻找这个答案才到世上走一遭?那么这个代价也太大了。可天地万物,有哪一种会甘心自己的无根无由?

总的来说，我对"后面"有一种不可理喻的固执，比如前面说到的河流的后面或说是河流的深层之下，云层的后面，山峦的后面……有时我抬头远望，那从山巅急速滑下的乌云，在我看来，不过是为荒原准备的一份怀抱，总让我生出一份感动。至于恐怖至极的狂飙从天而降的时候，我最想看到的，是它后面的那些生命之灯，如何在狂飙中剧烈地摇荡……

我专心致志，仰头闭目。尤其是在月夜，我那穿透寂寥的嚎叫，委婉曲折，撕心裂肺，悠远绵长，抑扬顿挫，柔肠百结，惊天地、泣鬼神……相信天底下没有哪一种动物，可以唱出如此动人肺腑的歌唱。我的嚎叫尾音也拖得很长，好像这样嚎叫，就能把我积累于心、于灵魂深处的不解，全发泄了出来。

但不论我如何嚎叫，月亮从没有为我让出一丝通道，我也从来没有得到过一点关于祖先的线索。我那迷蒙的眼睛里，满是无法言说的无奈和忧伤。

想想也罢，在长达亿万年的时空隧道中，时间的深渊，很可能把所有的信息湮没、遮蔽、删改、变形。而且，世间也没有哪种力量可以穿透时光那看似毫无轻重，却绵厚得无可丈量的屏障。

明知岁月无痕地从万物之旁流过，无法穿越也无法追索，我却还是固执地嚎叫不已，我似乎在这嚎叫中找到一种特殊的安慰。

此外，我还怀着一个侥幸的心理：岁月有时会不会回过头来，寻找它曾错身而过的什么？却从来不去想，即便岁月回头，恐怕同样找不到那错身而过的什么了。

有时，某个事件的发生，甚至一个非同小可的事件的发生，却在不经意中。

我的机会终于来了。

就在刚才，在逃避猎人的追捕中，我们的面前突然出现了一处悬崖，悬崖间的距离十分深阔，我一眼就测出这个距离很不容易跃过。

那悬崖,以及悬崖间深邃的凹谷,几乎被整整一个冬天的积雪填平,在厚厚的积雪的掩盖下,那深邃的凹谷看上去是如此地温柔、平和,甚至可以说是悦人,就像特意为我们准备的、可以在上面恣意翻腾的乐园。

可是我知道,积雪下面就是锋利得如尖刃般的峰岩,一不小心跌下去,当场就会穿透我们的身体、脊梁。

它真像有些人为我们准备的某种陷阱。在寒冷的冬季,他们会在锋利的刀刃上抹上或猪、或牛、或羊的鲜血,鲜血很快结为冰层。他们再涂、再涂,一层又一层,直到那薄薄的冰层,凝结为鲜血的冰坨,然后刀刃朝上地插在雪地上。

对具有灵敏嗅觉的我们来说,那冰坨仍然具有鲜血的诱惑。我们簇拥着扑上前去,用舌头不停地舔食那冰坨,冰坨便渐渐融化,直至包藏在冰坨下的利刃露出凶光。

长时间地舔食冰坨,使我们的舌头渐渐麻木,直到最后,任那锋利的刀刃割破舌头也浑然不觉,仍然会继续舔食下去。鲜血从舌头上不停流下,直到流尽我们所有的鲜血,然后轰然倒地,任人宰割。

或许这不是人类的错,他们像我们一样需要食物。不是吗,由于饥饿,我们同样会捕杀那些比我们柔弱的动物。要知道,这本是一个弱肉强食的世界。

相信在我祖先那个时代,柔软洁白的积雪下,是没有这样一把阴险的刀子的。祖先们除了老死或被更凶猛的动物捕杀,它们离开这个世界的方式,要比我们现在简约得多,也光明磊落得多。

可是如今,对一只狼来说,在哪儿还能找到一个光明磊落的死法!

…………

我们中间的一只狼,被猎人射杀了,他们兴奋得竟发出狼一般的嗥叫。我不明白,在捕杀一只狼后,人为什么总是那样兴高采烈？

可猎人们还不肯罢手,继续追杀我们。我猜想,他们一定认为,在连续多日的茫茫大雪中,是很容易把我们赶尽杀绝的。

是的,这是捕杀我们的好机会,我们很多天没有捕猎到食物了,饥饿使我们失去了相当大的体力和战斗力……

我当然知道在哪里可以找到一处较为狭窄的沟壑,但我放弃了作为一只头狼的职责,而奔向另一个方向。

因为我深知,在我缺席的危难时刻,我的雌狼会挺身而出,她不但会像我一样,绝对不会被积雪掩盖下的凹谷所蒙蔽,也一定会选择一处最为狭窄的地段,带领狼群腾越过去。她像我一样,具有特殊的感知能力,绝对知道如何躲过危险。

当然,我的雌狼也会因此蔑视我,后悔为什么和我这样孬的一只雄狼配了对儿。但我已经到了什么也不在意的地步,一旦到了这个地步,是不是也就意味着不可救药？

退一步说,即便我的雌狼不愿意代替我那头狼的位置,也会有另一只年富力强的狼来代替,这是每一个狼群早就准备好的梯队。所以我并不担心,我的离去,会为我的狼群造成什么不可估量的损失。

对我来说,这场追杀正是一个退身的机会。既然没有任何一只狼愿意代替我这头狼的地位,最好的办法就是离开,尤其在这样一个关键时刻,我的狼群很快就得为它们自己,再选择一只新的头狼。

我没有刻意隐蔽,就那么挺立在悬崖的这一方,狼群中的每一只狼都能看见我的身影。哪怕它们以为我是临阵脱逃,我也不想让它们以为我被追捕的猎人杀死,或掉下悬崖摔死,或无缘无故突然失踪。

没有一只狼会因为我的离去思量哪怕是一分钟,即便我的儿子也不会。我的雌狼,甚至没有回头看我一眼,那所谓告别的一眼。不过我也没有感到伤怀。不论什么样的选择,自有那选择的道理。

在看着我昔日须臾不可离开的狼群，一个个安然无恙地越过那一处悬崖后，我便纵身一跳，调头而去，向着我的河流。

那些追赶的猎人，很轻易地就被我甩在了后面。

我就这样告别了我的狼群，没有留恋，没有遗憾，高兴自己终于等到了一个自由自在、无拘无束的日子。

不算晚，还不算晚，只要来了就不算晚，哪怕这个机会在最后一刻到来也不晚。

我漫无目的地在深山老林里游荡，远远地离开了我曾为我的狼群圈下的地界，重新去丈量、了解那不属于我们狼群的，陌生而广袤的山峦森林——原来可以这样的无限。

有时，我放声大嗥，有时，我在雪地上翻滚，有时，我奔向山巅，那遥远的景物，竟比贴近它们的时候更加动人。当然，我最喜欢的还是那条河流，只不过我选择了更远的河段。

那天，正当我恣意奔跑的时候，我听到了枪声，很近，就在我的左前方。

当枪声向远方渐渐消隐而去的时候，它也一条条地、缓缓地撕裂了，我好不容易找到了这一处凡人难觅，仅仅属于我的天地的宁静。

随着枪声悠长的尾巴，我心里有什么东西跟着碎裂了。那碎裂的东西，像松树上的霜露那样轻柔、蓬松，一片片地在天地间轻扬飞舞，它们拂过万物，最后竟揩拭起我所有的经验……

这尖利而不祥的声音我太熟悉了，然后就应该是血，是生命的终结。我的几个弟兄、亲人……就在这枪响之后，再也没有站起来过。

我更嗅到了枪声背后的血腥。这种血腥我也再熟悉不过，我指的是血腥后面藏匿着的复杂并难以言传的气息，那气息就连人类自己怕也说不清楚。

什么是说不清楚？就是永不可能到达的彼岸。我想我们狼是了解这一点的，所以我们从不试着越过这条沟壑。可人类却觉得他们可以越过,这大概就是我们狼,比人类脚踏实地的地方。

其实这声枪响,何尝不是让我如有所归的信号?我会心一笑,之后,又继续前行。

跑了几步我又停下,想,这次是谁被结果,抑或一息尚存尚可获救?无论如何,我不希望是我那狼群中的一个。于是反身向那声音的来处寻去。

不是我们狼,而是一个男人,仰面朝天地躺在雪地上。

他显然受了重伤,孤零零地躺在雪地上,血在他的身下漫开,渗在雪地里,就像盛开在春天的、漫山遍野的映山红。

不知他为什么没有发出一丝疼痛的呻吟,却将那疼痛留在了他的眼睛里。

他就那么无声无息、仰面朝天地躺着。他在等什么,在等死亡吗?

难道还有一个生命比我更渴望离开这个世界?

距他不远的地方,还撂着一支猎枪。

是械斗?逃犯?被人暗算?还是自杀……

只要那男人挪动一下胳膊,就能够着离他不远的那支枪。

动一动、动一动你的胳膊吧,不知为什么,我心里这样期盼着。

他看见了我。那本就疼痛异常的眼睛里,立马添上了绝望。他肯定在想,即便自己能闯过中枪这一关,也闯不过一嘴狼牙了。

其实我什么加害于他的事情也没做,只是慢慢走近他,围着他转了一圈又一圈,近看看又远看看。

他的眼睛不安而又躲闪地随着我转来转去,可能在思量,为什么这只狼还不一口把他咬死。

仅看他的眼神,我也明白他并没有平白无故地盼着死亡……可谁知道呢,我看到的只是表层,内中缘由也许相当复杂。如果我一口咬死他,这不请自来的死亡,对他来说,可能也不错?人们就此不必探究他之所以死亡的缘由。难道如此这般的死亡,还有什么值得说三道四之处？

即便生命垂危，他仍然没有放弃对我们与生俱来的恶意，还有嫌恶、拒绝、恐惧——千真万确的、毫无道理的恐惧。我有些失望，即便是恐惧，然而，如果，那是一种对我们有着深刻了解后的恐惧，该是多么合情合理。可是他的恐惧，不过由成见而来。

无所不知的人类，怎么会是这样？

除此，他的眼睛里还有一种无由的仇恨。我不明白，那种无由的仇恨，竟会如此强烈。

然而生命垂危的他，已然无法拒绝一只狼的贴近。即便在他看来我是他生命的严重威胁，他也没了打算。反正要死了，不死于狼口也死于失血过多。

我在他脖子那里嗅了又嗅。是的，眼下我轻而易举地就可以结果他的生命，只要张开我的嘴，一嘴就可以咬断他的脖子，然后锉动、张合我锐利的牙齿，他马上就会变成一堆碎肉，进入我的肠胃。

可是我没有那样做。尽管或许他扼杀过我的兄弟、姐妹、亲人和朋友。而面对一道送上门的佳肴，很多狼都会这样做，但那不一定是我的习惯，这可能正是我和其他狼的区别。

对我来说，眼下他并不是我的食物，而是我久已盼望的一个研究"对象"。

你别不相信，狼们绝对具有观察、分析、透视事物的能力。不是说狗最善解人意，又是人类最忠诚的朋友吗？但比起我们狼还差上一筹。追本溯源，狗的那些特性、本事，还不是从我们这儿来的？都说青出于蓝胜于蓝，可是我们那个徒弟绝对强不过它们的师傅。知道老虎拜猫为师的那个故事吧，猫还留了一手呢。

很久以来我就盼望有个机会走近人类，对号称动物中最优秀、最高贵、最智慧的动物做一次亲密的接触。我对他们充满了好奇，尤其在面对生与死时，他们将会如何？说不定就会让我那发轴的脑袋，顿开茅塞……但我从来没有得到过接近他们的机会，每当与人相遇，或是人逃离我，或是我逃离人。

我贴近他的面颊，仔细辨嗅他的气息，人的气息。

那气息与我从前在远处嗅到的十分不同。似乎已经失去生命的原汁原味和纯粹，而是充满了不明的欲望。

这仅仅是他个人的气息，还是人类共有的气息？

然后我在他的身旁匍匐下来，一动不动，平静而又毫无威胁地看着他。

他的生命之火是越来越弱了，我看出，他真想说点什么，可眼前只有我，再说，人有什么本事能和一只狼沟通？其实他不知道，即便他不说什么，我也绝对比他的同类，更能理解他的所思所想。

幸好我可以使用我的耳朵。有什么比我的耳朵更能传达深沉的情意？于是我把耳朵朝向他，召唤他，甚至恨不得用我的耳朵拥抱他……他却把脸转向了另一边。

正在我束手无策，不知怎么才能让他明白我的善意时，我的嘴巴突然咧了一咧。向上咧开的嘴巴，肯定将我那上斜的眼梢推得更加上斜，于是我那张脸，便像是有了笑意。

天下有谁能看到一只狼的微笑！

而后他看上去果然放松了许多。我想这是因为，我的笑脸，让他明白了我对他并无恶意。说实在的，这是我期待已久的一种状态。

我想，他一定也从来没有与一只狼，这样近距离地对视过。这使他能清楚地看到我的眼睛，还有我眼睛里饱含着的对他的悲悯、友善和毫无戒备。

有那么一会儿，他似乎也想就近我，甚至心存幻想，幻想着我的营救——不管我是不是一只狼，只要是一个生命，可能就会有对另一个生命的惺惺相惜。

这与他刚才的情况有了天地之别，他似乎不再无奈地等待死亡，而是千方百计地想要活下去。或是说，我对他的友善，激发了他活下去的心思。

看得出，他对留住生命的渴望是如此强烈，这又让我深感惊心和不解，生命真值得如此追逐吗？

不，这是一个与我如此陌生、遥远的生命。

当然，我很愿意为他这样做，如果我能够的话。可我知道，即便我救得了他，他也活不成了。

从他的身体里，已散发出如此糜败、驳杂的气味。这岂止是人体走向死亡、走向腐烂的气味，更是灵魂走向死亡、走向腐烂的气味……不要说我，世上没有一种力量可以阻止这种腐烂。

而且我不知道他是自杀还是他杀。如果他像我这样不再对生有所眷恋，为什么不让他随缘而去，那不就等于帮他一把？如果是他杀，我想他也能借此机会，重新审视赋予人类"至尊至贵"这个头衔的荒谬，从而幡然悔悟。

那终点时的悔悟，才是真正的悔悟。不要以为这种悔悟已然无用，它会使你的灵魂轻盈地飞向你所向往的那个世界。

不过我敢肯定，他的历史是一个失败的历史，不然，他决不会因为他人的一枪，抑或自己的一枪，躺倒在这里。

当我们四目相对时，我觉得他对我们狼好像有了一些了解，可是这种了解不但姗姗来迟，还留在了这样的时刻——他不可能带走任何有关我们的信息，回到人的社会去了。

这么说来，我又赢了。

你信吗？我从来不愿意总是赢。

可也就那么一会儿，他的心绪最后还是被戒备、怀疑所代替。

或许因为我一直在凝视他的眼睛。

既然我能探知河流的深底，那么我想我也能从他这里了解到，为什么人总要杀死我们，总要置我们于死地，即便在我们无碍于他们的时候。

我的审视，完全没有责难的意思，我只是想找到一个理由，一个让我信服的理由。

于是，他又在重新估量我的来意，却永远不会理解，我的到来与他所想的那些鸡零狗碎毫无关系。

我看到他的眼睛往那支猎枪上很快地一扫。即便他能以最后的挣扎够着那支枪,尽管猎枪就横在距他不远的地方,不过从拿过、举起那支猎枪,到向我射击,需要一个过程,他在计算这个过程与我起跳并咬住他喉咙的时间差。最后,他明白了他没有胜算的可能。

我也即刻明白了此时那支枪对他的非凡意义。既能帮他克服对我的恐惧,又是他唯一依赖……

于是我用我的前爪和嘴,将那支距他不远的猎枪,一点点地推向他伸手可及的地方。

我不在意他拿到这支枪以后会对我怎样。我不过是想让这个或许把“活”看得那么重的人,在离开这个世界之前,得到一份安宁,一份有所依靠的感觉。而人是需要“依靠”这种情状的动物,尤其他们的精神,从来是难以独立的。

但他根本没有理解我把那支枪推向他的含意和动机,惊恐地躲避着,就像我能拿起那支枪,对他扣一扳机似的。

可怜的人,难道你就想不出更好的念头吗?

不,不是他的身体在躲避,那身体已无法移动。而是他的精神、他的意志,那些我曾以为我们狼所不具备的优良品质,在我的眼前瞬间垮塌。却掩藏不住对得到那支枪的渴望,也就是杀死我的渴望。

他一定无法理解,一只狼为什么会这样做,也会认为我之所以这样做的背后,肯定隐藏着什么杀机!

在他的精神、意志垮塌的这个瞬间,我还看见了“人”,并诊断出他的疾病,诊断出不论是他杀或是自杀的根由。

也明白了他们总以杀死我们为乐子,从来是没有缘由的。如果非要说到缘由, 那就是他们的信条使然:“只有你死,才是我活。”他们不像我们,在我们的天地里,每时每刻,我们和多少兽类缓缓地擦肩而过,有时甚至在同时同饮一江水。如果我们能够像人类那样,可以种植粮食,可以烹调食物,我们肯定不会为了饥饿去攻击掠杀其他生物以维持自己的生命。

在我们狼的生命里,有残酷、有厮杀、有血、有弱肉强食,就是没有卑琐、卑鄙、阴暗、贪婪、下流……我终于明白,人类并没有什么值得我深究之处,我们狼和他们的生命态度是如此的悬殊。

也许我过于偏激,也许他们还有许多我所无法看到的优良品德,但眼下是一个非常的时刻,一个最能暴露本质的时刻。

这真是一个了不起的瞬间,一个浓缩了"人"的本质的瞬间。

而后我又看了看他那张起始我没有注意过的嘴。这才看出,那是一张说尽道貌岸然的真理与谎言的嘴。而他那张脸,也让我彻底失去了兴趣,我终于承认,这是一种我即便花费一生的力气,也闹不懂的东西。

…………

这时,我听到了来自远处的狼群的嗥叫,便索然无味地从这个人的身边站了起来,向远处的狼群跑去。可是我又停下脚步,因为我知道,那嗥叫的狼群不是我的狼群。

于是我坐下,想了一想,要不要去看望那个狼群?最后还是决定向那个狼群跑去,不管它们是不是我的狼群,它们毕竟是狼,到底是狼,是比人更值得骄傲的狼。

我径直向雪原深处跑去,那广漠得让人恐怖的雪原。嗅到了熟悉的、活生生的有滋有味的气息。那让我不停地奔突、厮杀、九死一生,并有过许多不着实际的梦想,至今仍感陌生的地界。

可是枪声又响了。或是说那不是枪声,而是枪的回声,经过积雪的吸纳、消磨的枪声,有了悠远、隔膜、不切肤不相及的意味。

但那确实是一颗没有虚发的子弹。

我的身体也随之强烈一震。我知道,那一枪是给我的。然而这正是我所需要而又不能完成的。

这个毫无生还可能的男人，终于向我射出了他此生最后的一枪。最终，他还是不肯放过对他充满善意，想要与他沟通的我。

　　甚至在我把那支猎枪推近他的手边之后；甚至在我已然离开，再也不会对他构成危险之后……或许他以为我还会返回，将他一口咬死？并不懂得我根本不屑于把他这种东西吃进肚子。

　　都说我们狼残暴而凶险，可是人呢？

　　在我一生中，有过多少次处在生与死的转折点上，死而复生的奇迹也不止一次发生，这也许是我一直处于头狼的原因之一。可这一次，我却一任生命之河轻快地向远方流淌而去，没有像过去那样，与死亡做最后的拼搏。

　　我藐视那个人，却感恩于那支猎枪，还有从那支猎枪里射出的、将我撂倒的子弹。

　　这一枪使我不必再和"生命"，这种我毫无缘由地恨透了的东西，发生任何关系。

　　永别了，"生命"！不只今世，还有来生、来来生。永远、永远不要再见。

　　我感恩于那颗子弹，正是它，给了我离开的欢愉，让我回到另一个世界——在我离去后即将到达的那个世界，那里才是我生命的源头。

　　我感恩于那颗子弹，因为它使我的生命，结束在了一个完满的句号上——

　　我愿在我的生命还能胜任的时候了结，而不愿等到年老体衰之时颓然倒下。或被我的狼群抛弃，蜷曲在荒野里，一点点地耗尽生命。或像我的兄弟姐妹那样，将自己的尸体，为狼群生命的延续提供最后的服务，尽管这是每一只死去的狼顺理成章的下场，而每只狼也会将此视为己任。

　　我不知道这是我的勇敢，还是我的懦弱，我的自私？

　　我觉得死亡应该是一个尊严的仪式。可是，怎样才是、才能尊严地死去？这真是让一只狼发愁的问题。

……………

我回过头,看到那男人苍白的、已然没有生气的脸上浮现出放心和满足。但我想,我笑得比他更加安详,了然。

我奔跑着的身体,在子弹的冲击下,腾跃起来——或不该说是腾跃,而是飞扬。

好惬意的飞扬啊!

那真是一杆好枪,即使用它来射杀一匹河马,也足以使河马如我这样在空中翻飞起来。

就连我自己也没想到,我那即将失去生命的躯体,竟能如此从容地在空中画出那么漂亮的一道弧线。

我还来得及回看一眼这道弧线。那是我用生命的画笔,留在这个我并不喜欢的世界上的最美的图画。

作为一只狼,这样优美的腾跃,一生只有一次,也许一次都没有。

所有的思虑和烦恼此时都已消散。我这就要去和那唯一的、只有在天际才能找到我生命密码的祖先会合。我将不再孤单,不再无家可归。

所有的,所有的记忆,都像春雪一样融化了。我有过子孙吗?有过配偶吗?有过多少子孙,多少配偶?记不起来了。也许什么都没有过,如果有,为什么在这样的时刻,没有它们之中的任何一只影子出现?

难道它们都像我一样,所有的,所有的记忆像雪一样融化了?

遥远的天边,有一只鹰在飞翔,它的翅膀缓缓地扇动着。为什么只有鹰或是鸟儿可以离开大地?当它们从高空俯瞰下来的时候,大地一定与我看到的不同,我们狼群能看到的,也只是方圆几十米的地方。

我俯首回望,这才发现,一望无际的雪原除了柔软、平和,还如此壮丽,果然配得上一只头狼的葬身之地。

我也看见了祖先们曾经生活过的地方:山峦起伏,绿树成荫,鲜花盛开,参差错落在绿树丛中……那时的山河,没有一点破损,那就是最初生出那种叫做狼的动物以及很多动物的土地。

我还看见了光亮在雪地上投下的一个身影,想了一想,我才明白,那原来是我的身影。

是雪花模糊了我的视线,还是我已经死亡,万物的影子都隐在了雪雾的后面。我什么也看不见了……

天光刺破了云层,势不可当地从浓云中冲射下来。我尽最后的力气,抬了抬头。远处,在我的呼唤中从未出现过的、我唯一的祖先,正一步一步地向我走来,它是来迎接我的。

我最后扫了一眼我生活过的这个世界,想起初生时才有的那种不明就里,和为自己能来到这个世界而生出的感动和期待……

之后,我的灵魂带着一生也没有得到过的惬意、快乐,没有一丝伤感地、轻盈地向着另一个世界飞去……

2009 年 9 月 20 日 北京